人民英雄麦贤得妻子李玉枝的世纪守护

陈晓琳◎著

人民出版社

序

　　那些浸透着苦辣酸甜的日子，串连起一部生命的传奇，在这部传奇里，麦贤得是英雄，李玉枝也是英雄，玉枝的善良、坚韧和美好，成就了一部风情壮美的女人的史诗。

　　"八·六海战"之后，麦贤得九死一生，靠着坚强的求生欲望和意志活了下来，但是由于严重的脑外伤，他再也不能用语言很清晰地表达自己，常常两个字两个字地往外蹦，不过，那些两字词语往往是高度浓缩而精准的，比如，回忆起他的童年生活和参军之前的生活，他给出的两字词语是："大海"、"抓鱼"，说到他的战斗岁月，他给出的两字词语是"保卫"、"祖国"……正是这些二字词语里潜藏的往事的碎片，拼接起了一份半个世纪的独特记忆。

　　玉枝的父母都是孤儿，从小没有上过几天学，给他们的第一个孩子取玉枝这个名字的时候也只是觉得好听好叫，也许这就是冥冥中注定的，玉枝活着活着，就活成了一棵顽强生长的玉树，经历半个世纪的风霜雨雪，玉树枝头，英雄之花开得高洁、绚烂。

目　录

CONTENTS

不解之缘

1969年夏天，广东汕尾海丰公平镇。

很多年以后，李玉枝都能清晰地想起那个下午，她走在公社的泥路上，风吹着她的头发，她感到快乐和自由；阳光特别好，好得让她哼起小曲来：

李双双

李双双

她是咱妇女的好榜样

大公无私好风格

联系群众思想好

一心为集体

不怕风和浪

积极肯干为大家

个人得失放一旁

……

这首歌来自玉枝最爱的一部电影《李双双》，这部电影公社放了好多遍，哪一遍玉枝也没有错过。双双是农民孙喜旺的妻子，体魄强健，勤劳善良，心直口快，有着"火辣辣"的性子。17岁就嫁给了喜旺，进门后没少挨丈夫的打，因为家里孩子多活儿多，很少下地劳动。后来在时代的熏陶下，目不识丁、大门不出的李双双上了民校，学会了读书、学习、看报、听广播……视野大大地扩展了，思想进步飞快。渐渐地，双双发现人们不像从前那样习惯叫她"喜旺媳妇"或者"孩子他娘"了，更多叫她双双，原来，女人是可以活出自己的！此后，她不再甘于永远围着锅台转，不愿一直为孩子拖累，非常希望能像男人们那样参加集体劳动。为了能全身心投入劳动，她萌生了办公共食堂的想法，并得到了公社和大队的支持。在创办、管理公共食堂的过程中，她不但大公无私、事事争先，而且坚决与落后分子作斗争，还帮助丈夫孙喜旺提高了思想觉悟……

20世纪70年代初李玉枝与原海丰县公平公社几位妇女主任的合影（右一为李玉枝）

那种对未来无限纯洁的憧憬，那种为了新生活而昂扬奋斗的热情，无法不教玉枝感动。里面的情节、对白、歌曲玉枝简直烂熟于心，玉枝觉得，李双双太美了，而每次看完电影，陪着李双双笑过、哭过、气过、闹过、幸福过之后，玉枝也总在悄悄地憧憬属于自己的爱情和婚姻。二十出头的李玉枝，是公社内外出了名的既漂亮，又性格开朗的姑娘，娇小的身材，甜美的脸庞，两根透着精气神的大辫子……玉枝心里清楚，身边不少男青年在以不同的方式向她示好，身后有不少男性的目光在随着她走，只是那个时候玉枝想，我要帮着爸爸妈妈拉扯弟弟妹妹，要学习毛主席著作，要做好多事情，哪里有时间谈恋爱呢？这其实就是李双双身上体现的理想的社会主义里的一种终极崇高与伟大。

多年以后，和玉枝接触过的人都有一个共同的感慨，当初如果她没有嫁给麦贤得，也许她就会是一个"李双双"式的人物，能干出一番轰轰烈烈的事业来。

关于这些，玉枝不可能知道，她只知道双双很"完美"，常常会快人快语地走进她的脑海，每每这个时候，玉枝的嘴角总是不由上扬起来……

那天下午，大约就是玉枝想着双双的时候，汕尾的几位干部和几位穿着海军军装的军人出现在她面前，就在那个阳光很好的下午，他们把麦贤得——这个大名鼎鼎的英雄从遥远的天边带进她的真实的生活，玉枝有点晕，玉枝的命运就是在这一阵晕眩之后改变了，她的人生就是在这一阵晕眩之后迎来一个转折，她走上一条也许上天早就安排好的道路。

其中的一位军人自我介绍说，他叫崔福俊，是海军某艇的艇长。这个名字李玉枝是有印象的，他是"八·六海战"的一等功臣，她在读麦贤得的故事的时候见到过这个名字，毛主席、周总理接见过他呢！他怎么会来到这里呢？他为什么会来找我呢？玉枝心里很是疑惑。崔艇长说，他正是为麦贤得来的。

和崔艇长一起出现在玉枝面前的还有汕头水警区的宣传干事麦桂开，崔艇长后来回忆说，当他向汕尾的地方干部提出组织上有给麦贤得成个家

的想法的时候，在场的人不约而同地都想到了李玉枝。李玉枝父母都是孤儿，这样的出身在当年是好上还要加个好的，家里8个兄弟姐妹她是老大，特别聪明，特别懂事，特别开朗，特别能吃苦，最重要的是——特别会照顾人。

此刻，崔艇长把麦贤得的状况一五一十地向玉枝做了介绍，"八·六海战"结束，麦贤得数日昏迷不醒，生命垂危。毛泽东主席指示周恩来总理派遣全国最优秀的脑外科专家为他会诊。麦贤得生命得救，但脑浆流失过多，右体偏瘫，语言表达能力和记忆力几乎全部丧失，还伴有外伤性癫痫。

崔艇长看着身材娇小、脸蛋甜美的李玉枝，并不打算向她隐瞒任何一点关于麦贤得的病情，他说："部队会给英雄最好的治疗，但是脑外伤专家建议，他需要终生治疗，他最好能有一个家，家庭生活是一种也许更有效的辅助治疗，这是我们来找你的原因"。

多年以后，麦桂开回想起那时的心情，依然是复杂的，他和崔艇长都知道，这件事情对于貌美如花的玉枝来说，只要开始了，就有所亏欠。

而那天下午的玉枝，除了意外和震惊，仿佛顾不上一般女孩被提亲时的羞涩，她一门心思地想，是党和人民给了麦贤得第二次生命，毛主席、周总理都关心麦贤得的康复，我也可以关心？这太光荣了，太光荣了！她根本没有办法冷静下来。

汕尾是个小地方，是一个有着革命传统的地方，后来成为全国13个革命老区之一，隶属于汕尾的海丰县更是全国第一个县级苏维埃政权诞生地，它是英雄彭湃的故乡。玉枝出生在汕尾，工作就在海丰的公平镇，公平镇位于海丰县东北部，地处海丰、陆丰、紫金、惠东、五华五县的交界地带，是海丰县东北地区政治、经济、文化、交通的中心，亦是邻县山区的中心集镇。

汕尾人骨子里就有英雄情结，对英雄两个字更敏感，更何况在那样一个崇拜英雄的年代。很快镇上就炸开了锅，大家都很兴奋，奔走相告！

英雄的目光投到了我们这个海边的小城镇!

麦贤得的战友来提亲!

老李家的大女儿李玉枝被看中了!

人们的热议中,带着兴奋,带着八卦。

然而,热议很快就结束了,随之而来的是人们对这门亲事的看法,关于这门亲事,李玉枝几乎没有听到任何人投赞成票。

"家有三斤粮,不嫁残废郎。"

"英雄牌好看,不顶吃和穿。"

……

虽然20出头了,但是玉枝对自己的终身大事的实质想法很少,因为她很忙,忙着帮爸爸妈妈拉扯7个弟弟妹妹,原本她是很爱读书的,学习也好,但是三年级后她就没有再上学了,她工作一直很努力,事事都争先恐后。

奇怪,那些日子,人们关于自己的议论,玉枝一点都不过脑子,她的心仿佛被麦贤得占领了,别的东西根本进不去。玉枝常常想起她爱看的电影《李双双》,电影里有一句经典的台词:"先结婚,后恋爱。"这句经典的台词可谓深入人心,它也深深影响了一代女性的婚恋观念,玉枝大概就是其中的一个。尽管身处各种否定的声音中,她的内心始终朝着一个方向,那个时候的她并不知道,这个方向指引她走向一段非凡的人生,她只知道,麦贤得比自己年长三岁,受伤的时候才不到20岁。青春岁月,人生起步。难道他的人生不应该好好地继续下去吗?李玉枝和麦贤得之间的旷世爱情大概就是从这样一份发自内心的怜爱开始的。

人的选择,多半是因为个性,而这个性,会成就一生。

有一件事情也许将永远成为一个谜,组织上跟李玉枝提麦贤得的亲事是在1969年,而李玉枝真正见到麦贤得已经是1971年,这两年间,两个人没有任何一点联系。两年里,玉枝一方面如饥似渴地从报纸杂志上了解麦贤

得的事迹，他如何在海边长大，什么时候参加了海军，"八·六海战"中如何英勇杀敌光荣负伤，国家领导人亲切过问他的伤情……不错过任何一个细节；一方面她也觉得纳闷，为什么再也没有人提起这件事情了呢？李玉枝甚至觉得事情就不了了之了。

没有人能说得清其中的原因。

李玉枝后来听说，麦贤得的英雄事迹得到广泛宣传之后，有许多女青年给英雄写信，表达要许以终身的美好愿望，麦家人一度在这些女青年中进行了意向筛选，而麦贤得的母亲一直喜欢生产队里一户渔民家的女儿，两人也算是青梅竹马，两家甚至商议过这件事，女方几经反复之后还是拒绝了，这会不会是其中一部分原因呢？如今事情已经无从考证，也无须考证，李玉枝把它理解为自己和麦贤得的缘分，他们注定要走到一起，白头偕老的缘分。

党校学习

1971年春末夏初之际，汕头专区党校，一个基层妇联干部的培训班开课，李玉枝是众多妇联干部中的一员，到学校报到的时候她并不知道，这次汕头学习有一项很特殊的安排在等着她。玉枝喜欢校园里的生活，她可以像一块海绵一样吸收知识，她每天认真地上课、和同学们交流，叽叽喳喳地，快乐而无忧无虑，直到那天下午，县妇联的刘主任突然来找她。

县妇联的刘主任对于在公社妇联工作的玉枝来说就是大领导了。

成长在妇联的大家庭，玉枝如饥似渴地汲取着积极、向上、温暖的能量，快速地从一名普通的干部，成长为一名公社的妇女主任。也许是因为这个缘故，玉枝对"妇联"这两个字有一种特殊的亲切感，40多年之后的2014年，当广州市海珠区妇联主席简瑞燕出现在她的生活中，玉枝因为"妇联"这两个字对她有了格外的好感，两人渐渐成为无话不谈的忘年交、好姐妹，并因此有了很多故事，这是后话了。

县妇联领导的出现，重提了一个名字——麦贤得。

这两年，这个名字就像刀刻一样，一点一点刻进了玉枝的心里，但它又是忽远忽近的，说近，是因为自从见过崔艇长后，她更加着迷于学习麦贤得的英雄故事，这位大名鼎鼎的英雄再也不是和她没有任何关联的人了，她如饥似渴地找关于麦贤得的报道和书籍，一遍一遍看，一遍一遍回味，好多细

节她都能背下来了,好多情景玉枝仿佛身临其境;说远,是之后并没有人再提起这件事,渐渐地,人们在茶余饭后都不记得议论这件事了,多年以后,玉枝深深切切地感受到,忘却是一把刀,伤人会伤得很深很深。

和刘主任一起来的,有县妇联的另外四个姐妹。

刘主任:"玉枝,今天我们陪你去见麦英雄。"

今天?

马上?

为什么这么多人一起去?

刘主任读懂了玉枝脸上所有的问号。

刘主任笑着说:"玉枝你不要有顾虑,一来呢,组织上对这件事情很重视,我们也算是你的娘家人了,我们应该陪着你;二来呢,我们几个一起去,也没有那么突兀,如果你不愿意,只当我们几个妇女干部去部队参观学习,你看这不是很好吗。"

玉枝感谢几位姐姐的贴心和周到。

她们六个人就这么有说有笑地上路了,因为马上就要见到战斗英雄了,车上每一个人都很兴奋,而这一路上,玉枝的话却不多,因为随着车子一点一点地接近部队,她的心情也一点一点地庄重起来,脑子像过电影一样地闪回她这几年来从报纸上、纪录片上、书上、歌曲里读到、听到、看到的英雄诞生的故事,这些故事她烂熟于心,仿佛这些故事已经成为她的人生篇章的一部分。

海边成长

　　麦贤得生在海边，长在海边，大家都叫他阿得。曾经，怀着一颗少女的心，玉枝想，将来我们如果在一起，我叫他什么呢？反正要和别人不一样。

　　麦贤得和玉枝一样，出身苦，玉枝的父母都是孤儿，而他的祖父、父亲都是穷苦的船民。中华人民共和国成立前，祖父饿死，伯父被恶霸活埋，父亲曾遭日本海军烧船、毒打，三代都苦大仇深。麦贤得长在新社会，感恩新社会，他疾恶如仇，特别崇拜英雄，张思德、董存瑞、黄继光、邱少云……

　　麦贤得在学校读书期间曾多次被评为"三好"学生，入伍前连续两年被评为"五好"民兵。不管是当学生还是当民兵，为了集体利益，他总是敢闯敢干，勇于承担重任。

　　在学校里，有一次帮公社送秧苗，当时风大雨大，沟宽水深，水蛇又多，麦贤得第一个自告奋勇去送秧苗，一直在水里泡了近两个钟头。

　　当民兵时，在一个暴风雨的晚上，他曾经蹚着齐胸的潮水，一个人用船从被淹的公社粮仓里抢救出三千多斤粮食。

　　在盐田受到潮水威胁的紧急时刻，他曾经和渔民一起，奋不顾身地投入护堤坝的战斗！

　　玉枝就是这样，一点一点地读英雄的故事，痴痴地寻找自己和英雄相似的地方，比如他们都爱读读书，爱读毛主席著作，玉枝自己就是学习《毛

9

选》的先进分子。

麦贤得爱学习,《毛泽东选集》他翻了又翻,看了又看,毛泽东思想深深根植在他的脑海里,即便后来,他在战斗中严重伤了脑子,流失了大量的脑浆,许多的东西他都不记得了,但是毛泽东思想他从来就没有忘记。

毛主席在《丢掉幻想,准备斗争》中说:"捣乱,失败,再捣乱,再失败,直至灭亡——这就是帝国主义和世界上一切反动派对待人民事业的逻辑。他们决不会违背这个逻辑的。斗争,失败,再斗争,再失败,再斗争,直至胜利——这就是人民的逻辑,他们也是决不会违背这个逻辑的。"

这也许也是麦贤得在后来的战斗中铁骨铮铮的表现背后的动力,他曾经写下笔记:"为保卫祖国,为人民的胜利果实,我要贡献我的青春力量。"

麦贤得少年的梦想就是参军、打仗、保卫祖国!在他15岁那年,大哥麦贤庆穿上了军装,他的心就像被千百只猫爪子挠着,羡慕得不得了,终于熬到了18岁,熬到了参军的那一天。

在麦贤得的梦想里,能当海军最最好!因为他觉得自己属于大海,所以,他对海军的历史倒背如流:1949年4月,中国人民解放军海军在战争的炮火中成立。但是,中华人民共和国成立初期,中国海军的全部舰艇加起来不过几千吨,只相当于当时美国海军一艘驱逐舰的吨位。1953年,毛主席5次视察海军舰艇部队,5次题词都是同样的内容:"为了反对帝国主义的侵略,我们一定要建立强大的海军!"1963年,19岁的麦贤得,成了一名海军战士。

离开家乡的那一天,民兵营长麦长福送了他一本书——《钢铁是怎样炼成的》,并对他说:"你到部队去,要好好地干,像保尔·柯察金一样,做一个钢铁一样坚强的祖国的忠诚卫士,我们等待你立功的喜报!"

麦贤得太喜欢这份临别礼物了,保尔·柯察金就是自己的偶像,每每想起保尔那段话,他就热血沸腾:

人最宝贵的是生命,生命每个人只有一次,人的一生应当这样度过：当他回忆往事的时候，他不会因为虚度年华而悔恨，也不会因为碌碌无为而羞愧，当他临死的时候，他能够说：我的整个生命和全部精力，都献给了世界上最壮丽的事业——为解放全人类而斗争！

不知道是不是冥冥中已经有了安排，麦贤得的乡亲们两年之后真的等到了喜报——1965年"八·六海战"，在敌我战舰对峙、枪林弹雨的生死激战中，一块炮弹弹片从乡亲们看着长大的麦贤得右额骨穿进，扎进左侧脑内，鲜血喷涌、脑浆粘住了眼角。简单包扎后，他以无比坚强的意志坚守战斗岗位3个多小时，与战友们浴血奋战，取得新中国成立后人民海军以小打大的最大一次海上歼灭战胜利！乡亲们熟悉的那个阿得，他英勇战斗的事迹被媒体广泛报道，创作成宣传画、连环画、快板，并编进课本，在全社会引起巨大反响，他因此受到毛主席等党和国家领导人接见，被国防部授予"战斗英雄"荣誉称号，被人们赞为"钢铁战士"。

铁骨铮铮

　　1963年冬天，麦贤得穿上崭新的军装，跨进了海军部队的大门，这里是他成长的摇篮。麦贤得初中只上了半年，文化底子薄，为了扫除一个又一个文化上的"拦路虎"：艰深的电机专业、生疏的术语、复杂的原理、无尽的数据……他放弃了不知多少个午睡、节假日，经常一个人躲在山顶、海边，拼命地记呀、背呀……

　　这一点让玉枝特别欣赏，因为玉枝从小爱学习，也是因为家境贫困，没有办法继续学业，玉枝的上学时间比麦贤得还要短。

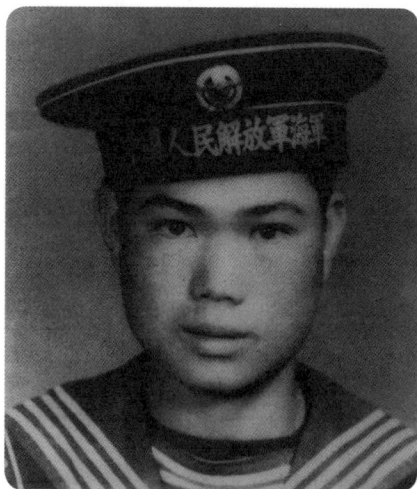

麦贤得入伍时的英姿

在军事训练中，麦贤得同样严格要求自己。老战士都有一项在无照明条件下转油柜的训练，这项训练对新战士不做要求。上艇不久的麦贤得却坚决要求参加。老同志在练，他就跟着看、用心学，他还经常请老同志出难题考验自己，经过这项训练后麦贤得的军事素养得到了极大提升，这在"八·六海战"中发挥了关键作用。

麦贤得就是在这样的刻苦勤学中度过了他的新兵时光。

1965年8月5日，是广东省汕头水警区的官兵们补休建军节的日子。事实上，当时海峡两岸局势非常紧张，即便是假期时间，军队的管理也是外松内紧，为了迷惑敌人，部队放假组织战士看电影，麦贤得喜欢战争片，《南征北战》、《海鹰》、《英雄儿女》……每一部都是他的挚爱，只是他自己没有想到，不久以后，他自己的故事会走上那块电影幕布，感动了千千万万的人。

那天，正当麦贤得和战士们看得入迷时候，屏幕上突然出现了一行大大的字幕："老海，你家中有事，请速回家！"

海军战士黄汝省、麦贤得、彭有才……所有的人都读懂了这条消息！人人心里再清楚不过，这是部队集合的暗号：

"有情况！而且是大事！"

战士们像听到了集结号，弹簧一般跳起来。班长黄汝省第一时间上艇检查，当他上艇的时候，他欣喜地发现麦贤得已经把出航的准备工作都完成了！

"麦贤得，好样的！"尽管611艇战队刚刚组建完成，但是这位汕头籍老乡的勤奋、好学、上进给班长黄汝省留下了深刻的印象。

麦贤得从民兵时代开始，就渴望着能上战场，在他看来，一个士兵如果不能上战场打仗，那叫什么士兵呢？麦贤得既紧张又兴奋。

原来，1965年8月5日17时45分，中国人民解放军南海舰队接到谍报人员通报：国民党海军两艘猎潜舰由台湾左营港出航。

南海舰队得到情报后，即判断：敌舰可能在东山岛海域进行偷袭或投放大量特务间谍对大陆渔民进行"心战"活动。南海舰队指挥员立即向总参谋部上报了"放至近岸、协同突击、一一击破"的作战方案，得到总参批准。汕头水警区护卫艇41大队护卫艇4艘、快艇11大队鱼雷艇6艘组成突击编队，从露天电影放映场赶回部队的轮机兵麦贤得和他的战友们此时距离一场激烈的、影响他们一生的战役很近了，舰艇上，大家都不说话，屏住呼吸，等待战斗打响。

8月5日21时至24时，中国人民解放军参战各编队舰艇分别起航，驶往预定歼敌海区。6日1时42分，国民党军海军"剑门"、"章江"两舰凭其火炮射程远，先机向护卫艇开炮，一场激战随即展开！

火光冲天，炮声震耳欲聋。611艇正好位于己方艇队与国民党海军"章江"舰之间，麦贤得和轮机班的战友虽然身在轮机舱，但是能感受到战斗的激烈，麦贤得感到自己浑身都是力气，他一边有序地操作，嘴里一边大声喊："打得好！""打得漂亮！""把敌人全部干掉！"……那个时候的他并不知道，这也许是他这一辈子能流畅地表达自己的最后时刻了。

麦贤得原本死死盯着前方敌人炮火的位置，突然，他感觉自己所在的611护卫艇不动了。炮弹击中了611艇的艇底部分，动力舱开始淹水，部分管道已经损坏，此时，如果不尽快排水堵漏，修补已经损坏的管道，发动机就会被海水浸泡而停止转动。在这千钧一发之际，轮机兵麦贤得大喊着，奔跑到后左主机的位置，他知道，必须马上启动机器！就在这个时候，机舱发出两声巨响，611艇开始不断摇晃。敌人两颗炸弹从"章江"号射出打进机舱，一发落在了前机舱，另一发落在了后机舱。

"轰、轰"两声巨响过后，轮机舱几乎所有的战士都倒在了血泊中，麦贤得觉得自己的脑袋热了一下，一阵剧痛！随即他觉得自己的世界一片红色，眼前仿佛一块红色的绸布蒙住了他，他想看清却看不清，想喊却喊不出来，世界越来越红，枪炮声越来越远……他渐渐失去知觉，全身无力地倒了下去。

一块高速飞溅的高温弹片，打进他的右前额，穿过大脑，一直插到他左侧靠近太阳穴的额叶里！后来那块穿插头部的弹片，作为国家一级文物，放在中国革命军事博物馆。

这之后发生的事情，是后来在医院养病的时候，护士们为了恢复他的记忆，一遍一遍地告诉他的，玉枝则是通过铺天盖地的报道听到的，拼接起来的。

黑暗中脑部受重伤的麦贤得重启战舰！

副指导员周全桂赶过来给他做了简单包扎，大声对他说：

"麦贤得，你伤得不轻，你就在里待着，别动。"

麦贤得下意识地睁开双眼，想要看清楚轮机舱内的情况，可是任凭他怎么努力，眼睛始终都睁不开，鲜血已经黏住了他的眼角和睫毛！

麦贤得一步一步摸索着走向前机舱，跌倒了就爬，过舱洞就钻。就这样，他在黑暗中坚强地来到了前机舱。他一颗一颗螺丝、一个一个阀门、一条一条管道，依次挨个手触检查，那一颗颗螺丝、一个个阀门、一条条管道上留下了他的鲜血。最后，他在几十条管路、数不清的螺丝里，检查出一颗拇指大小、被震松的油阀螺丝。麦贤得用扳手将螺丝拧紧，并用身子顶住移位的波箱、用双手狠狠压住杠杆，使推进器复原！

终于，机器正常运转起来，611护卫艇恢复了动力。

这些，都是玉枝在报纸上读到的，每次读到这些细节，她都血脉偾张，当看到弹片击中了麦贤得，她会感到疼，当看到"轮机兵麦贤得，被弹片几乎削掉了半个脑袋，鲜血脑浆横流，但是，他带伤坚持战斗了3个小时，直到胜利！"她很确定，自己爱上了他！

玉枝就这样理直气壮地，全力以赴地，不留余地地爱上了英雄。

很多年以后，当玉枝遇到不开心的事情，就会走向大海，去寻找大海里曾经留下的这个血色的瞬间，这个瞬间仿佛是一块巨大的红绸，在天地间无比浪漫地抖动着，一头在麦贤得攥紧的拳头里，一头在空中飞舞……飞舞……落到了玉枝的手上。

然而这些细节对于麦贤得来说，是他人生的分水岭，就像四十多年后《南方日报》的记者写道的："如果说打胜仗和授勋是麦贤得人生的最强音，那贯穿全曲的绵密低音，还是始终缠身的病痛。"

20岁的那一夜，将麦贤得的人生劈作两半，当这个渔民的儿子被动地进入下一段人生时，伴随他的，是纠缠他一辈子的病痛与残障，这是麦贤得的命运，也是李玉枝的命运，英雄的病痛与残障也将缠绕她23岁以后的全部人生。

敌舰"章江"号在人民海军艇队的攻击下，此时已遍体鳞伤，失去作战能力，起火爆炸，于3时33分沉没于东山岛东南约24.7海里处。人民海军突击编队第611艇自航返回基地。

击沉"章江"号后，经总参谋部批准，人民海军编队于3时43分，对"剑门"号实施攻击。5时10分接敌后，各舰艇集中火力猛烈射击，"剑门"号当即中弹起火。5时20分，解放军鱼雷快艇第二梯队在高速护卫舰的掩护下，接敌2至3链施放鱼雷，命中3发，"剑门"号随即沉没。一场耗时3小时43分钟的海战终于结束了。这是新中国海军成立后又一次海上作战的胜利！

这次海战，人民海军共击沉国民党海军猎潜舰2艘，击毙巡防第2舰队少将司令胡嘉恒以下170余人，俘"剑门"号中校舰长等33人，是人民海军快速轻型舰艇编队近战夜战、密切协助，集中优势兵力达成的一次歼灭战。

"八·六海战"取得了新中国成立后人民海军以小打大的最大一次海上歼灭战胜利，硝烟散去，留下了一个伟大的名字——钢铁战士麦贤得。中华人民共和国国防部通令嘉奖参战部队，授予麦贤得"战斗英雄"称号。人民解放军海军分别授予611号护卫艇"海上英雄艇"，授予119号鱼雷艇"英雄快艇"称号。

中弹昏迷

1965年的"八·六海战"是中国记忆的一部分。

"八·六海战"发生十天之后,毛泽东主席和周恩来总理等党和国家领导人在北京人民大会堂接见了11名有功人员的代表,611艇艇长崔福俊是其中的一位,后来,崔福俊在自己的回忆录中写道:"那是最幸福的时刻。"

"报告总理,我是'八·六海战'611艇艇长崔福俊!"

总理高兴地把双手伸向崔福俊:"你们611艇个个都是好样的!祖国和人民不会忘记你们!"

接下来,周恩来总理特别向崔福俊询问了麦贤得的伤势,这让崔福俊无比感动。

崔福俊1935年生,河南鄢陵县城太平巷人。他是1955年参加中国人民解放军的,"八·六海战"中,作为611艇的艇长,他沉着应战,指挥若定,611艇的官兵们在兄弟炮艇的密切配合下,击沉蒋军"章江"号和"剑门"号猎潜舰,荣立集体一等功。崔福俊作为代表受到毛泽东、刘少奇、周恩来、董必武、邓小平、李先念、贺龙等党和国家领导人的接见,611艇被海军命名为"海上英雄艇"。也许是因为自己曾经也是一名海军轮机兵,在目睹了麦贤得脑袋受伤之后依然坚持战斗直到胜利的壮举之后,崔福俊对麦贤得更是有一份深厚的感情。

崔福俊向总理汇报说，插进麦贤得头部的弹片太深，到现在也没有取出来，在汕头的手术不是很成功，麦贤得三次醒来之后，现在又陷入深度昏迷，命悬一线。

周总理很认真地听了汇报，并且马上向身边的贺龙和罗瑞卿作了指示：派全国最优秀的脑外科专家去抢救，一定要把他救回来！

党和国家领导人如此关怀麦贤得的伤情，这份温暖崔福俊真切地感受到了！他多希望昏迷中的麦贤得也能感受到！与此同时，一份深深的责任感根植于崔福俊的心里，这就是为什么后来他对麦贤得伤愈后的生活如此地关心，可以说，没有崔福俊亲力亲为地推动，也就没有了玉枝和麦贤得的婚姻。

在这之后的几十年里，玉枝每次想到崔福俊，想到崔福俊后来告诉她的那个时刻，想到那个场面，眼角都会闪出感慨万千的泪花，她当然知道，这是麦贤得生命的一个重要的节点，没有当天发生的事情，也许以后的故事都不会发生，她自己的人生也就会是另外一个样子。

很快，一架专机搭载着重度昏迷的麦贤得飞往广州陆军总医院，机上还有同样身负重伤、眼睛险些失明的麦贤得的班长黄汝省。

一块长7厘米、宽2.5厘米、厚2.5厘米的弯钩状弹片还留在麦贤得的脑中，一场抢救战役也随即打响了。

全力救护

　　这场抢救麦贤得的战役在广州军区陆军总医院打得也可谓是轰轰烈烈，几乎所有的人都被动员起来了！麦贤得需要输血，消息一传出，手术室外就会排起长长的队伍，人们纷纷挽起衣袖，争先恐后地要求输自己的血，有人因为血型不合适而沮丧，有人因为身体合格而开心雀跃，自己的血能流到英雄的身上该是多么光荣的事情。

　　在转院到广州军区总医院之后，医生经过反复会诊，在一年的时间之内，为麦贤得进行了四次手术，修补脑脊液漏口和受伤颅骨；把有机玻璃植入左右额的弹孔里，保护脑组织，治疗方案可谓巧夺天工，医院上下更是众志成城，终于把麦贤得从死神手中夺了回来。手术一次次成功，英雄得救了！

　　当时在广州军区总医院心脑外科任职护士的许曼云被任命为特护小组组长，负责具体组织和实施对战斗英雄麦贤得的特护工作。接到任务后，许曼云激动得手足无措，她深感任务光荣，责任重大，暗下决心一定要铭记英雄坚持斗争的初心，以英雄为榜样，护理好英雄，让他获得第二次生命。

　　运送麦贤得的飞机，到达广州白云机场时，已是当天下午5时左右，刚结束一天日班工作的许曼云，正准备下班休息时，接到医院通知，从接到任务的那一刻开始，她就在等待这个通知，通知就是命令，通知就是战斗的号角。许曼云立即放弃下班，第一时间投入对麦贤得的特护工作。组织上要求作为组长的许曼云，除做好各项护理工作外，要详细观察麦贤得的伤情，并根据医师的要求，制订好护理计划，以便特护小组共同执行。

医疗小组首先遇到的敌人是炎热的天气。

根据麦贤得受伤的情况，需要施用冬眠低温治疗。八月的广州，正值炎热的初秋，要降低室温，在没有空调的当时，是一件非常困难的事。

怎么办呢？

用最古老的办法加上仅有的条件。

许曼云和特护组的战友们在病房内四周墙上挂大冰袋，再用风扇吹风使冰块融化放出冷气，以便室温下降能达到预期要求。

关于这些，远在海滨汕尾的李玉枝是不可能知道的，但是无论是当初通过报纸杂志关注英雄的伤情，还是后来逐渐还原麦贤得这一段时间的经历，她都深深懂得其中的意义，如果说这是一场接力赛，那么，在她嫁给麦贤得之前，接力棒是从一组人的手里传到了另一组人手里，最后交到了自己手里，首先是他们共同赢得了这场与死神的赛跑，创造了一个英雄重生的奇迹。

玉枝觉得他们都是麦贤得的恩人。

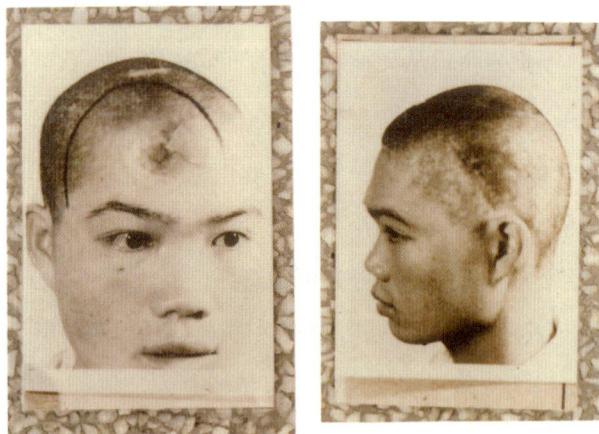

麦贤得手术时的照片

英雄苏醒

　　黄汝省是麦贤得的班长，长麦贤得几岁，是1958年入伍的兵，他和麦贤得是同乡，平日里一起训练，一起上战场，在"八·六海战"的当天他们被同一颗炸弹炸成重伤，班长全身七十多处受伤，伤得最重的是双眼，他们同时在汕头的战地医院被抢救过来，被同一架专机送往广州陆军总医院，住在同一个病房，是真正意义上的生死兄弟，麦贤得的很多记忆的碎片是从他那里捡回来并拼接成的，多年以后，当他们战友重逢，黄汝省拉着李玉枝的手意味深长地说："弟妹，你受苦了。"

　　在总医院治伤的日子有两件事情让黄汝省刻骨铭心。

　　两个重伤员被安排在同一个病房，这一边，麦贤得伤了脑子，什么也不知道；那一边，黄汝省伤了眼睛，什么也看不见，不过他能感觉到病房的热闹，一会儿是北京专家组的专家来了，一会儿是部队首长和地方领导来了，一会儿是记者来了，一会儿是学生来了……络绎不绝。但这些黄汝省都不是很在意，他只在意躺在病床上的麦贤得什么时候能醒过来，什么时候他们才可以一起喝着家乡的功夫茶说说那一场漂亮仗。

　　生死兄弟近在咫尺，又远在天涯。

　　黄汝省后来也不管麦贤得能不能回答他，他也学起护士跟他说起话来，万一他能听到呢？万一他听到了一激动就醒了呢？

好兄弟，"八·六海战"当天，不是有两艘敌人的军舰闯进我东山岛吗？两艘都被我们击沉了，干得漂亮！

你立了大功！我们都挂了彩，不过相比起那些牺牲的兄弟，像那个爱说笑话的杨映松，他当时在六号位，611艇被击中漏水之后，他带领两个战士去堵漏，壮烈牺牲了……

你知道吗？敌人惨败！其中一艘的敌舰长肠子都被打了出来，那家伙也是条硬汉，看着舰艇要沉了，他用吃饭的碗把自己的肠子装起来，用塑料布连碗带肠子一起缠在腰上，然后跳海想逃。怎么可能逃得出去！没扑腾两下就被我们抓获了！你猜怎么着，岸上给他准备了担架，他还挺横，拒绝躺担架，自己走上了救护车。

你知道吗，被俘之后，他也在总医院养伤，每天护士推着我出去散步，迎面能碰到他呢，每次我就让护士推慢一点，然后我把头抬得高高的！你牛啥牛！

那小子，听说态度也很硬，拒绝接受教育，还说自己的妈妈和妹妹都在共产党手上受苦，他心里充满仇恨。

结果你猜怎么着，部队有一天把他妈妈请到了病房，他妈妈见面就给了儿子一个大耳光：

"你这个糊涂孩子，谁说我和你妹妹水深火热啊，是非道理都分不清，放着光明的路不走走黑路，白养活你了！"

那个骄傲的国民党军官当即就给他娘亲跪下了，两个人抱头痛哭！

这些亲身经历的事情，简直比电影还精彩，黄汝省就这么一遍一遍地给麦贤得讲，但是麦贤得每天还是静静地躺着……

这天，麦贤得的特护又在给他读报纸，读报纸上关于战斗英雄的故事，姑娘的声音真的很好听，读着读着，姑娘突然停了下来，病房于是安静了，黄汝省这时也听到了这20多天来他不曾听到过的声音，这声音有些熟悉呢……这是……是麦贤得的声音!

声音不是很清楚,但确实是他!好像还带着节拍。

这时,黄汝省就听到护士兴奋地叫起来:

"麦贤得醒啦!麦贤得会唱歌啦!麦贤得唱《大海航行靠舵手》啦!"

黄汝省也好兴奋,他试着叫战友的名字:"麦贤得,听到我的声音吗?我是班长,听到回答啊!"

麦贤得没有回答他。

这其实是麦贤得下意识的一次发声。

后来,当麦贤得终于醒来的时候,黄汝省已经伤好转院了。许多年后,麦贤得在汕头认出自己的班长——"八·六海战"一等功臣、自己的生死兄弟黄汝省,黄汝省坦言,他有一种恍若隔世的感觉。

病房里就只有麦贤得一个人了,整个病房安静得只听得见风扇吹冰块降温的声音,还有麦贤得重重的呼吸声,经过医疗组几次手术,同时配合药物治疗和保证营养等,麦贤得终于度过了危险期,但是神志依然没有清醒的迹象。特护组按照护理计划,给麦贤得勤翻身来预防发生褥疮,活动全身关节以防僵硬,按摩肌肉以防萎缩。

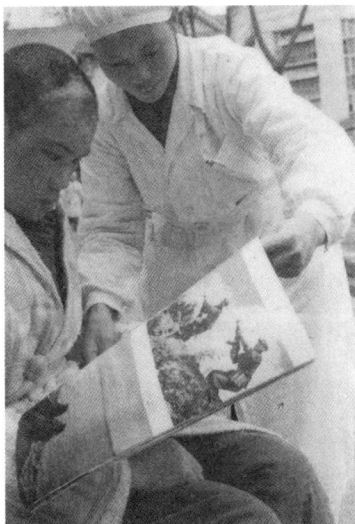

许曼云(右)在照护麦贤得

这一天，许曼云出去打水，护士小阮给麦贤得擦脸。在麦贤得刚到医院的日子里，他的头上脸上缠满了纱布，护士们虽然天天守在英雄身边，却不知道英雄到底长得什么样，随着一次次的手术和术后的恢复，纱布一点点拿掉，麦贤得英俊的脸庞显露出来。特护组的护士们也渐渐看到了他脸上表情的变化，翻身的时候，他脸上的变化告诉姑娘们他有些不舒服，或者米汤通过胃管进入胃的时候，他的神情显得舒展，应该是爱吃的意思，这让特护组的姑娘们坚信，英雄会有醒过来的一天。

此刻，小阮细心地用湿毛巾擦着麦贤得脸上微微渗出的汗珠，突然，她发现英雄的眉毛动了一下，接着，闭着的眼睛微微动了起来，能看见眼珠子在很细微地动着，这是这么些时日来从来没有过的事情。

难道英雄真的要醒了吗？

难道特护组的战友们天天盼、日日盼的时刻真的要来了吗？

小阮的心"怦怦"跳得很厉害，她屏住呼吸，生怕自己做错了什么英雄又昏睡过去。

这时许曼云打水回来了，小阮无比激动地和她交换了一个眼神，许曼云读懂了这个眼神的全部内容，她欣喜万分，她们特护熬了多少个白天和黑夜，这一刻难道真的来了吗？

很快，姑娘们发现，她们还是高兴得太早了。

麦贤得的眼睛渐渐睁开了，但是，他看什么都没有反应，呆呆的，那他是醒了呢还是没有醒呢？麦贤得脑部重创留下的严重的后遗症还是超乎了治疗小组的想象。为了判断他的身体状况，医院专家小组制定了一个认亲方案：把麦贤得的父母和兄弟姐妹全部请过来，让他一一辨认。然而，麦贤得的反应让医生们的心都沉了下来——他对自己的亲人一个都不认识了。

小阮还是每天坚持给麦贤得读报纸，那时的报纸，报眉上总有一段毛主席语录，这天，小阮刚刚读出："毛主席语录……"

她发现麦贤得的眉毛动了一下。

小阮不由地再大声读："毛主席语录！"

麦贤得的眼睛睁得更大了！

小阮灵机一动有了一个主意，她飞快地跑到办公室取来一张毛主席的画像，送到麦贤得的眼前，大家也跟着围过来了。麦贤得注视着，嘴角忽然微微张开，眼睛里绽放出光彩，脸上露出了不易察觉的笑容。许曼云、小阮和闻声赶来的医生们激动得哭了。

许曼云对小阮说："把毛主席的画像挂在麦贤得一抬眼睛就能看到的地方，英雄最爱毛主席，就让毛主席每天都鼓励他，快快好起来！"

从那天起，麦贤得的病床前就多了一幅毛主席的画像，毛主席天天看着这位战斗英雄慈祥地笑着，麦贤得的笑容也越来越多，越来越明媚。

"麦贤得清醒过来了！"这个头条新闻飞快地传遍了医院的每个角落，病房又开始热闹起来了，有人送来了整套的《毛选》，有人送来水果和营养品，有人把自己结婚时买的插花瓶插满了鲜花送到麦贤得的床头，从那天起，鲜花就没有断过。

多年以后，李玉枝也喜欢在家里的客厅里插鲜花，因为阿麦喜欢。

主席接见

奇迹，这简直是奇迹！

当初，多少医学专家断定，这么重的脑外伤，脑脊液如此大量的外流，即使抢救过来也只能是个植物人！

可谁曾料到，麦贤得的生命如此顽强！

谁能不服，我们军队医护人员的信念如此坚定！

和麦贤得一样，他们也是奇迹的创造者。

麦贤得恢复意识之后，许曼云她们更加细致地看护着他。这些天，许曼云发现总有一些透明的黏稠的液体从麦贤得的鼻子里流出来，最初她很紧张，以为是房间的冰块放多了，室温太低导致麦贤得感冒了，可是观察了几天之后，麦贤得并没有其他感冒的迹象，但是总是有液体从他的鼻子里流出来，许曼云仔细闻了一下，觉得不像是鼻涕。

"会不会不是鼻涕，是脑浆呢？"

许曼云把自己的想法向主治医生汇报，立刻引起了医疗组的重视，经过反复的查证，真的是有脑脊液外漏的现象，医疗组马上采取了措施，闭合了麦贤得脑部的相关部分。

后来李玉枝在向人们讲述这个细节的时候，心里充满了对许曼云和所有医护人员的感激，要是没有他们，就不会有后来这半个世纪的一段传奇。

这是麦贤得伤情的又一重大转折。

由于脑部受伤，许曼云和她的伙伴们必须重新教麦贤得学习发音，学习用左手写字、用筷，练习走路。

麦贤得和特护人员的交流是多种方式的，有时是简单的对话，有时是肢体语言，有的时候是用笔写字。

一个护士在纸上写道："麦贤得，你是战士吗？"

麦贤得一笔一画地在纸上写下一句话，每一笔每一画都无比艰难，大汗淋漓，直喘粗气。字是歪歪扭扭的，但内容却让人心灵感到震撼。

他写的是："随时准备消灭来犯的敌人。"

这个细节被前来采访的记者捕捉到了，在《人民日报》《解放军报》《人民海军》等报纸上发表，引起巨大社会反响。很快全国各地就掀起了学习麦贤得的热潮，他的事迹被创作成宣传画、连环画、快板、歌曲、话剧，甚至被编进小学课本，"钢铁战士"的英名飞遍神州，他钢铁般的意志和坚定的革命信念感动了千千万万的人，其中一个就是他将来的妻子李玉枝。

麦贤得的伤情牵动着全国人民的心，中央军委首长贺龙、叶剑英亲自到医院看望麦贤得，并给他带去了毛泽东主席送给他的鲜花，后来，这些珍贵的历史照片一直挂在麦贤得家的客厅里，玉枝每天都会把它们擦得纤尘不染，这是麦家最宝贵的财富。

1965年8月6日，是麦贤得成为英雄的日子。

1967年12月3日，是麦贤得生命中又一个闪亮的日子。

已经基本康复的麦贤得与4000多名海军代表来到北京，他们被巨大的光荣和幸福包围了，毛泽东、周恩来等党和国家领导人要接见这些海军代表。

啊！要去首都北京见毛主席，这是多么荣幸啊，麦贤得自从得到这个消息后就心潮难平，睡梦中几次都笑醒了。

病房里，毛主席在画像里依旧每天对着麦贤得微笑，麦贤得依旧每天从毛主席的笑容中源源不断地获得正能量，这能量鼓励他顽强地与死神搏斗，

与伤残抗争！但是他从来没有想到有一天自己会见到伟大的领袖毛主席。

听说麦贤得要去北京见毛主席，特护组的医生、护士们，还有麦贤得的战友们、病友们真是羡慕啊，他们都嘱咐麦贤得多看几眼毛主席，把大家对毛主席的祝福带到北京去。

终于等到了进北京的日子，终于等到12月3日那个让人幸福的要窒息的时刻，麦贤得站在第一排的中间，大家都屏住呼吸，不断调整自己的状态，力争以饱满的精神状态接受毛主席检阅。

门开了，毛主席身穿灰色中山装，在温暖的灯光的衬托下，格外醒目。毛主席身材魁梧，一边频频向代表们招手一边大步流星地走到代表面前，现场随即响起雷鸣般的掌声，置身于掌声的海洋中间，麦贤得激动得心快要跳出来，他和战友们一样，使劲儿鼓掌，停不下来。

他此时牢牢记住大家的嘱托，多看毛主席几眼，把毛主席看进心里去，以后李玉枝每次看到照片，都能体会到麦贤得当时的心潮澎湃。

集体接见结束了，正当所有人按照会议议程准备进行下一项的时候，突然有工作人员神色严肃地传来一个消息：毛泽东提出要单独接见"八·六海战"的"钢铁战士"麦贤得。

大家紧张地忙开了。

麦贤得其实是蒙的，直到被领进人民大会堂的小会客厅里，他都不敢相信工作人员跟他说的事情是真的。

不一会儿，小会客厅的门打开了，迎面走进来一个身材高大的人，麦贤得感觉到的是一股热浪向他包围过来。

毛主席！是毛主席！

毛主席正向我走过来！麦贤得浑身激动得发抖，很快，他的手和伟大领袖毛主席的一双大手握在了一起，麦贤得热泪盈眶。

毛泽东亲切地问他："小麦，身体好得多了？"

麦贤得颤声答道："好，好，主席好！我好多了！"

毛泽东又向身边的人问了麦贤得的恢复情况，他对麦贤得竖起大拇指说："硬骨头！"

毛主席勉励麦贤得要用硬骨头精神战胜疾病，养好身体，为人民再立新功。

接见的时间很短，但是每一个画面都刻进了麦贤得受过重伤的脑海里，令他终生难忘，一回到下榻的饭店，他就拿起纸笔写道："世界上什么人最亲？伟大领袖毛主席最亲！"

麦贤得与战友们分享他的幸福时刻

50年之后，也是在北京，麦贤得迎来他人生的另一个巅峰时刻，中共中央总书记、中央军委主席习近平把一枚闪闪发光的八一勋章佩戴在麦贤得的胸前，这是人民解放军的最高荣誉，这两个历史时刻有着惊人的相似，而这中间隔着整整半个世纪的甜酸苦辣。

入党出院

　　在麦贤得负伤24天后，也就是1965年9月，上级党组织就批准他为中国共产党党员，可惜那个时候的他还在深度昏迷中，什么意识也没有。

　　后来，他的意识逐渐清醒，611艇副指导员周桂全代表611艇党支部和全体官兵到医院看望他，并告诉他已被大队党委批准入党的消息。

　　听到这个消息，麦贤得的眼睛里闪着特别的光彩，但是一句话也说不出来，班长黄汝省走过来向他祝贺，他只是摇摇头！班长以为他脑子不清醒，走近些对他说："这是真的！你为人民立了大功，组织上批准你入党了！"他拿起铅笔艰难地写了两个字："不够！"

　　这个细节给黄汝省留下了终生的印象。

　　同样的情景发生在另一天，他的同班战士来看他，那个战士羡慕而又兴奋地用笔在纸上写下"你评上'五好'战士了！"

　　麦贤得不说话，他想说的东西用语言难以表达出来，他在纸上写了几个："不要了！不要了！"身边的护士们都说，英雄对自己的严格要求，她们最明白他想说的是，党和军队给了我太多的荣誉，我做得很不够。

　　又一天，护士小周在麦贤得的练字本上写了"战斗英雄"四个字并且用符号指向旁边写的"麦贤得"三个字，麦贤得看了又看，良久，他把麦贤得几个字涂了。

护士小周当时的日记记下了这些细节，她写道："从这些举动中不难看出这样一位为祖国立功的战士是多么的谦逊。"

一年多的时间，麦贤得和特护组建立了深厚的战友情。

有一次他不愿打针吃药，护士给他读了毛主席的语录，对他说你要好好听毛主席的话，服从治疗，养好伤重返前线，争取更大荣誉，他听得很高兴，愉快地接受了治疗。

麦贤得的右手和右腿不太好，可是在他刚一能走动的时候就再也不让护士为他端屎倒尿，他宁肯扶着墙走也要自己到厕所里去解大小便。早晨一听到起床号他就自己穿衣服自己叠被子，看到别人的被子没有叠还去帮忙，每当他吃完饭洗完脸之后他就和护士争着去干一些力所能及的活儿。

"我们从麦贤得的身上看到了劳动人民的本色！"多年以后，当许曼云回想起那些时光由衷地这样说。

在特护组周密的康复计划下，麦贤得的治疗进展顺利，加上他急切地想回到部队，回到舰艇上，英雄以常人难以想象的毅力勤学苦练，他恢复的速度也超出了人们的想象，伤情也一天天得到好转，从能够下床，到在护士的搀扶下可以行走，到能跑起来。

而随着麦贤得的康复，许曼云等几位女护士也不得不离开特护组了，因为麦贤得的身体越来越壮实，一米七六的大个子要做肌肉恢复训练，几个瘦小的女护士就显得力不从心了，再加上麦贤得由于脑部历经多次手术，留下了严重的后遗症，癫痫发作起来满院子奔跑，许曼云她们几个根本追不上他。

在离开特护组的那天，许曼云悄悄做了一件酝酿了很久的事情，一年来，因为知道她是特护组组长，很多人都向她求情要来医院看望英雄麦贤得，但是部队有严格的纪律，外人未经许可一律不许探视。

许曼云自己的两个孩子求了妈妈很多次，要看看英雄麦贤得是怎样的一

位钢铁战士，许曼云一直想找机会满足两个孩子的心愿，这一天，她把两个孩子悄悄带到医院，等候在麦贤得散步经过的小路上，终于让孩子们见到了大英雄，这件事情成为两个孩子少年时期最值得骄傲的事情，五十多年后，麦贤得和许曼云失去联系多年，八十多岁的许曼云在电视上看到麦贤得还活着，就对自己的子女说："我要见到英雄！"正是她的女儿，当初躲在小树后面远远地瞻仰英雄的那个小女孩，几经周折为两位久别的战友重新建立起联系。

1966年8月20日，麦贤得出院，总医院上下依依不舍地欢送他归队继续疗养。

初次相见

　　"吱……"汽车的刹车声，把闭目冥想的玉枝拉回了现实，部队到了！这是海军汕头水警区东湖山弹药库，麦贤得从广州军区陆军总医院出院后，在广东、湖南多地部队疗养院疗养康复，现在以后勤助理的职位安排在这里边工作边休养。

　　她马上就要见到英雄了！

　　从来就没有谈过恋爱的李玉枝此时心里好紧张，她能清楚地听见自己的心跳声。

　　"要是妈妈在身边就好了！"

　　是啊，如果妈妈在，至少玉枝可以躲在妈妈的身后，可偏偏这个时候身边是几位她熟悉的或不那么熟悉的人。

　　前来迎接他们的是麦桂开科长，玉枝在汕尾见过这位干部，他很可亲。麦桂开把麦贤得的事迹又做了介绍，他把麦贤得最近康复的情况也重点给大家做了介绍。玉枝用心听着，麦桂开看着李玉枝，心里涌起了复杂的情感。

　　麦科长说："平时这个时候，麦贤得都会和战友打一阵乒乓球，这是遵医嘱进行的康复训练。你们今天来，我们对麦贤得说的是你们要写他的事迹材料，来了解情况的。等下你们进去后，先看看，心里有个底，再交流。"

　　这一说，大家不由发出了笑声，李玉枝没有笑，她知道"心里有个底"

是麦科长特别说给她的。她感到了组织上对麦贤得的关心，对自己的尊重，心里涌起一股暖流。

有意思的是，进去之前，麦科长特地给大家每人发了一张报纸，并说："你们拿上吧，自然一些。"他的意思是，部队上突然来了几个地方女干部，怕麦贤得觉得奇怪，发张报纸可以边看报纸边观察，或者用报纸挡一挡，悄悄地看。

玉枝就这样屏住呼吸，一步一步地走向英雄麦贤得，一步一步走向她的命运。

个子高高的——

很瘦——

军装穿在身上显得有些空荡——

挺帅的！

离得远，玉枝原以为听不见麦贤得说话，没想到，他的声音很洪亮，玉枝永远都记得那天听到麦贤得说了四个字："种菜"、"吃药"。

在这么真真切切地听到这四个字之后，玉枝心里掠过一阵她从来没有体验过的美妙的悸动，一个真实的能够触碰得到的麦贤得从广播里、报纸上走向她了，不再只存在于她痴痴的想象中，不再只存在于人们的歌颂里。

第一次见面，组织上并没有安排他们认识，麦科长对玉枝说："情况你都看到了，你觉得行，就给我们回个信。"

那一刻的麦桂开以及身边的几位大姐完全没有想到李玉枝接下来的回复。

李玉枝的回答来得很干脆：

"不用专门回信了，行。"

其实，自己的淡定是从哪里来的，玉枝也不知道。多年以后，玉枝看到一句话，觉得感同身受：

人世间所有的相遇，都是久别重逢。

　　玉枝想，大约前世他们是认识的，否则全国千千万万个仰慕英雄的女孩儿，怎么就找到了自己；大约前世麦贤得对自己是很好的，以至于玉枝这一辈子心甘情愿地用爱来回报他。

　　一时间，有些冷场，大家不知道说些什么更有分寸。

　　片刻，其中的两位大姐把她拉到一边，推心置腹地：

　　"这是一辈子的事，你真的要仔细想想，你真的要接受这样一桩婚姻吗？"

　　"饭可以随便吃一口，但婚姻是一辈子的事。再说，你在妇联这条线上发展，是有培养前途的，嫁给个残疾人不就等于放弃了自己在仕途上追求吗？"

　　从见到麦贤得的第一眼开始，她的心里就对他充满了怜爱，他为了国家，伤得这么重，他费了这么大的劲从死神那里跑了回来，他应该得到爱，应该拥有一个正常的家庭。

　　这个时候的李玉枝又想起了她喜欢的李双双，双双可以先结婚再恋爱，我也可以！

　　多年以后，许多接触过李玉枝的人都会得出一个共同的判断，以李玉枝的情商和智商，当初如果她不是嫁给了麦贤得甘心做一个准家庭妇女，她一定是一个政治上进步快，前途不可限量的妇女干部。

父亲母亲

自打玉枝说出一个"行"字，关于麦贤得和李玉枝的婚事就算是全面启动了，玉枝没有想到的是，第一个站出来强烈反对的是自己的母亲。之前满城风雨的议论的时候，玉枝觉得八字没有一撇，每次妈妈问起，她就轻描淡写地应付过去了，这次，当她正式地向爸爸妈妈说出她的打算，妈妈的回答是："绝对不行！"

在玉枝的妈妈那里，她这两年期盼千万不要发生的事情终于还是发生了。玉枝还太年轻，她无法想象嫁给一个残疾人意味着什么，妈妈却是想着心都会揪心地疼。

玉枝妈妈从小是个孤儿，在孤苦无助中长大，后来嫁给了同样是孤儿的玉枝爸爸，生了8个孩子，她最懂得女人的不易，她最最不愿看到的是玉枝走进那样一段让她感到绝望的婚姻，一辈子那么长，牵绊着一个身有残疾的人，什么时候才是个头。

玉枝完全没想象到妈妈的态度会这么坚决。

妈妈："孩子，到时你哭都会没眼泪的！"

说完这句话，妈妈已然是泪千行。

玉枝看到妈妈掉眼泪，心里难过极了，她难过的是，作为家里最大的孩子，这些年她知道爸爸妈妈拉扯8个孩子有多艰难，自己好不容易长大了，工作了，原本打算把养育弟弟妹妹的责任担起来，现在却要去承担另一个更大的责任，她觉得很对不起妈妈。

母女两个就这样抱头痛哭起来，各有各的难过和心酸。

沉默了许久的爸爸这个时候发话了，这个不善言辞的男人，说了好长的一段话，掏心窝的话。

"我们要活个良心啊！我们两口子从小就是孤儿，吃了上顿没有下顿，后来相依为命的结了婚，有了玉枝，日子苦不堪言，如果不是共产党来了，新中国成立了，我们大概连玉枝都养不活。如今我们有8个孩子，有吃的有穿的，这些都是托党和国家的福啊！如今部队首长和地方领导来提这门亲事，玉枝是党员，嫁给麦贤得就是嫁给了部队，就是给党和政府当儿媳妇！麦贤得是残废了不假，但他是英雄，英雄该有个家！"

听完玉枝爸爸的这番话，母女俩止住了哭。她们都被平日里寡言少语的玉枝父亲这一番话镇住了，父亲的形象在玉枝的心里猛然一下子高大起来！

就是这样一位父亲，当后来组织上询问她父亲有什么要求时，他不假思索地拒绝了，只有一句话：

"只要有共产党领导，咱穷人啥时候也不用操心！"

后来，玉枝在回望自己心路历程的时候，她意识到自己身上的责任感应该是从爸爸那里传承下来的，而多少次，当她心里感到无助、委屈的时候，爸爸的话是她最好的强心针："麦贤得是残废了不假，但他是英雄，英雄该有个家！"

父亲的这番话算是给玉枝的这桩婚事定了调，妈妈心里有万般不舍也没有再出面反对了。玉枝无比感谢父母对她作出的决定的支持，心里想着将来有能力一定多帮助爸爸妈妈把弟弟妹妹们培养成人，玉枝没有想到的是，在未来，更多时候，是这个抚养她长大的家成为她面对困难最坚强的后盾。

等待情书

　　自从在部队见过麦贤得，玉枝便开始了对英雄的思念，他不再是只存在于报纸、广播、纪录片上的遥不可及的大英雄。玉枝一遍又一遍地回味着他大声地说："吃药"、"种菜"，你有没有按时吃药，你种菜累不累，会不会伤着自己……

　　终于有一天，部队来信了！

　　是麦贤得的信，拿着信，李玉枝幸福得直发呆，她想象着麦贤得写信的样子，毛主席的钢铁战士给我来信了。

　　玉枝没有急着打开信，而是回到家，帮着爸爸妈妈做饭、照顾弟弟妹妹做功课，把该做的家务一样一样做完，她觉得打开这封信应该有一个庄严的时刻。

　　夜渐渐深了，大家都陆续休息，玉枝悄悄躲到厨房里，把信封一点一点地撕开。

　　首先映入玉枝眼帘的是五个字：

　　"亲爱的玉枝："

　　玉枝整个人好像被电击了一样，她把信揉成了一团！

　　英雄怎么能说这么肉麻的话呢？怎么能有这样的小资产阶级情调呢？不是应该革命的浪漫主义吗？

　　玉枝从来没有谈过恋爱，这是她平生第一次收到情书，这五个字让她难为情极了。

冷静片刻之后，玉枝把被自己揉得皱巴巴的信再打开，抚平……信很短，字是歪歪扭扭的，大概是问玉枝工作好吗？身体好吗？

接下来，玉枝把她平生收到的第一封情书，来自战斗英雄的情书放进了炉子里，点火，烧掉了，好像只有这样，才能把她心里的难为情统统烧掉。

玉枝拿起笔，平生第一次写情书。

曾经，她无数次地想过自己怎么称呼英雄，叫麦贤得太见外了，叫亲爱的麦贤得自己又叫不出口，麦家的人都叫他阿得，我应该叫个不一样的，思来想去，玉枝饱蘸情感地落笔：

"阿麦，你好！……"

从此，玉枝就叫麦贤得阿麦了。

玉枝和阿麦的书信往来就这样开始了，每次都是麦贤得的信很短，而玉枝的信很长。一封信，从投进邮筒的那一刻起，就开始等待回信，日子就这么数着过。

每次，玉枝都希望阿麦的来信能给她一些关于未来的规划，比如，什么时候可以再见面呢？什么时候我可以让我的爸爸妈妈见见你，我也见见你的爸爸妈妈，什么时候适合说说结婚的事情呢？

后来，当玉枝和贤得结婚，真正走到了一起，玉枝才知道，那有限的来自麦贤得的信，其实都是麦贤得的战友帮着草拟，然后麦贤得一个字一个字照抄的，战友们想尽一切办法，希望帮助麦贤得把这个漂亮的姑娘娶回家，所以有着这么大胆的称谓。而玉枝越写越情真意切的那些情书，应该也是由战友们念给贤得听的，玉枝相当于和一个集体谈了一场恋爱。

就这样，一年过去了，突然有一天，公社的办事员火急火燎地找到正在干活的玉枝，通知她带着家人去部队一趟，商量结婚的事情。

尽管每天都在等待，可是突然通知来了，玉枝还是有些手忙脚乱。

关于结婚的事，妈妈还是想不通，她不愿到部队上去。玉枝爸爸只好和自己的一个兄弟陪着玉枝往汕头去了。

独处交流

到了部队上，那边，双方的家长在见面，商量结婚的事情，这边，麦桂开在招待所开了一个房间，玉枝和麦贤得有了他们的第一次独处。

这是一个双床的房间，两个人面对面，在两张对着的床边坐了下来。麦贤得低着头，玉枝也低着头。

在过去的几个月里，玉枝天天看着他的照片，读着他的故事，她觉得已经能很自如地和英雄交流了，可是，见了面，她好像却什么也说不出来，好一会儿，她鼓起勇气抬眼悄悄打量他——他还是那么瘦，军装显得有些空荡荡的，不过，男人穿上军装就是帅气，好看……

时间分分秒秒地在走，大约过去了半个小时的样子，房间的空气就像凝固了一样，好像能听得到彼此的心跳，玉枝这个时候大着胆子抬起头看着麦贤得，只见他浓长的眉毛紧蹙，目光是直直的，你也可以理解为深邃，也可以理解为单纯，她知道他陷入表达的困境，同时也明白了，自己应该是等不到麦贤得先开口说话了，她自己得主动。

玉枝："你……还好吗？"

贤得："种菜！"声音很大。

玉枝："身体还好吗？"

贤得："吃药。"

......

还问些什么好呢？这时麦桂开来敲门，说，双方家长的见面结束了，玉枝和贤得的第一次独处也结束了。

双方家长算是见了面，同意了儿女的婚事，具体结婚的日子听部队的安排。

在回汕尾的路上，玉枝爸爸一直抽烟，没怎么说话，同去的爸爸的好友，看着玉枝长大的二叔叔，语气里多了一些担忧："玉枝啊，好在你将来不用和婆婆一起生活，那是一匹野马呢。"

感觉着爸爸沉默背后的内涵，体会着二叔叔言语中的焦虑，玉枝第一次意识到，结婚，除了两个人的事情，还是两家人的事情。

简朴婚礼

　　婚事就算是定下来了，关于玉枝的工作，部队上曾经希望为李玉枝落实军人身份，但是被李玉枝坚拒了。那个年代，能进部队是一件多么荣耀的事情，况且玉枝从小就想当兵，穿军装也曾经是她少女时期的一个梦想，为什么就拒绝了呢？玉枝也说不出太多的大道理，她就是觉得，不参军能更好地照顾英雄，为了更好地给麦贤得组建一个正常的家庭，她觉得还是留在地方工作比较好。

　　1972年的初夏，还在公社工作的李玉枝再一次接到部队的电话，电话的内容很简单，你马上到汕头来，我们尽快为你和麦贤得同志举办婚礼。

　　一切来得那么急。

　　玉枝甚至连向家人打个招呼的时间都没有，更不用说置办嫁妆，收拾了几件旧衣服玉枝就急急忙忙坐上了长途汽车，一路尘土，七八个小时之后才到达部队。

　　婚礼定在了6月1日这一天并没有太多的说法，那个时候的玉枝，看着麦贤得不言不语的，像个腼腆的大男孩，心想这个日子倒也合适，将来也好记。

　　干部科的徐干事陪着他们俩去拍照片、民政局登记、拿结婚证，然后又陪着他们去街上买了两斤喜糖，自始至终都是徐干事与玉枝两个人并肩走着，麦贤得腿脚不方便稍微落后一些，要是不说，更像是前面两个人要结婚，后面带着个没有长大的弟弟。

与其说这是一个婚礼，倒不如说这是一次座谈会，坐在战友们中间，麦贤得很安静，没有话。麦家来了几个家属代表，有麦贤得的妈妈、舅舅和一个弟弟。婚礼没有鲜花，甚至连一块红布都没有，玉枝也没有置办新的衣服，只是找了一件自己平时最喜欢的衣服穿上，她抬头看看麦贤得，麦贤得的军装也不是新的，还是第一次见面时的印象，人消瘦，军装显得有些不太合身。现场的气氛也有些尴尬，不知谁提议说："新娘子唱首歌吧！"气氛这才没那么冷。

李玉枝和麦贤得结婚时拍摄的照片

玉枝是大方的，她站起来，看了看她的新郎，说："我不太会唱歌，要不我给大家唱我最近学的一段样板戏吧。"

大家齐声说好！

玉枝唱的是杨子荣打虎上山前的一段唱《共产党员时刻听从党召唤》：

共产党员时刻听从党召唤，

专拣重担挑在肩。

明知征途有艰险，

越是艰险越向前。

任凭风云多变幻，

革命的智慧能胜天。

立下愚公移山志，

能破万重困难关。

这是李玉枝真实的心声，尽管许许多多的人并不看好这段婚姻，但是这不影响她热烈地投入，没有鲜花就没有鲜花，没有新衣服就没有新衣服，她觉得自己做好了一切准备去应对未来的艰难困苦。

但是，玉枝还是太年轻，太没有生活经验，还是把问题想得太简单了！结婚的第二天，两个人的冲突就开始了。

麦贤得除了是英雄，是一个大男孩，他还是个病人。

历经磨难

　　如果婚姻是一场长跑，那么无论是5000米、10000米还是马拉松，玉枝跑得都要漫长一些，艰难一些，因为她要搀扶着重度残疾的丈夫，丈夫麦贤得男神般地存在于广播、报纸、杂志中，还有玉枝对于婚姻和家庭的美好畅想中，但真正跑起来，英雄却是常常连走路都不能完成，确切地说是他的智力已经不能理解什么是长跑，为什么要跑？就像他不能完全明白什么是婚姻，什么是家庭，什么是妻子。

　　冲突的起因是件小得不能再小的事情。玉枝做好了饭，满心欢喜地叫贤得来吃，贤得坐过来，等着玉枝盛饭，玉枝手脚麻利动作快，一不小心把一粒米饭掉在了桌子上，她很自然地用手捡起来放进了嘴里。不知道为什么这个简单的动作大大刺激了麦贤得，他突然就怒了，双手把桌子拍得很响，嘴里含糊不清地说着什么。

　　玉枝狐疑地看着麦贤得，不知道为什么他瞬间变得陌生和狰狞起来。

　　玉枝的无语似乎更加激怒了麦贤得，他吼叫着拿起碗就要砸过来，玉枝用手本能挡了一下，手臂还是被麦贤得打到了，阿麦的力气很大！她的手臂即刻淤青了一块。

　　玉枝虽然从小生长在贫苦人家，但是爸爸妈妈、弟弟妹妹之间从来就没有动过手，爸爸妈妈从来都舍不得打她，看见动辄发怒的阿麦，玉枝心里好害怕，一边捂着自己的手臂，一边安慰自己：会好的，双双以前也总挨打。

安慰归安慰，接下来的日子，玉枝变得有些提心吊胆了，总觉得有什么事情要发生。

婚后不久的一天深夜，一阵异常的声响把李玉枝从睡梦中惊醒。麦贤得的癫痫病犯了，只见麦贤得大叫一声，随即两眼发直，口吐白沫，那魁梧的身躯痉挛得缩成一团，不停地在床上抽搐，大小便已然失禁，他们婚床弥漫着屎尿的臭气。

突然，麦贤得跃起来，脑袋一个劲地往墙上撞，玉枝心疼，从他身后抱住他：

"不要撞墙，不要！"

但是麦贤得好像疯了，用力一甩，把瘦小的玉枝甩到墙角，玉枝惨叫一声！

麦贤得好像这样还不能释放内心的焦虑，他把玉枝像小鸡一样拎起来，拳头重重地落在玉枝的身上……

李玉枝大喊："救命！""救命啊！"

闻讯赶来的部队军医和战友拉开麦贤得，对他进行了救治，一点一点地使他安静下来……

那可怕的咆哮终于停下来了。

麦贤得迷迷糊糊睡过去了，呼吸重重的，但是稳定下来了。

军医和战友们带上门，轻轻离开了。

家里又只剩下他们两个人。

李玉枝默默收拾被砸碎的锅碗瓢盆，桌椅板凳，安安静静地把自己凌乱的衣服、头发整理利索，轻轻地揉着身上青一块紫一块的瘀伤。之前关于婚姻生活的美好想象，如今就像这一屋子的狼藉和自己身上的瘀伤，她没有哭，只是拼命让自己不要想妈妈，她傻傻地觉得，不想妈妈，妈妈就不会知道她的处境，就不会难过了。

也就是在那个晚上，玉枝才真真切切体会到崔福俊艇长第一次见到她的时候，对她说的那一番话。

"麦贤得在历经四次脑部手术之后，语言表达能力、记忆力、思维能力几乎全部丧失，同时，右边肢体萎缩，并留下严重的外伤性癫痫，时常发作。在最好的状态下，智力接近十五六岁的正常人。"

玉枝从小帮着爸爸妈妈照顾弟弟妹妹，她很明白，一个十五六岁的孩子要是犯浑，那是多难面对的事情，此刻，她的丈夫就是那不懂事的少年。

不知过了过久，麦贤得醒来了，准确地说是他回到了清醒的世界，他看着满屋子的狼藉和浑身瘀伤的新婚妻子，似乎明白发生了什么。

他呆呆地看着玉枝："那病……难受！"

玉枝浑身颤抖了一下。

她抬眼，看见这个人们称之为钢铁战士的汉子流下了眼泪，玉枝这时再也控制不住自己，她抱着麦贤得痛哭起来，她不是心疼自己，而是心疼她的阿麦。

这是第一次，她的眼泪和英雄的眼泪流淌在了一起，也是在泪水中，玉枝觉得自己得到了一次洗礼，她告别了那些曾经浪漫的幻想，她先把麦贤得的眼泪擦干，再把自己的眼泪擦干，玉枝决心面对现实，面对真实的麦贤得。她明白，婚姻对于自己而言，是家庭更是事业！他是国家的宝贝，他就是我的宝贝，我要让他活着，活得有长度，有质量，有尊严，给他一个家就是自己的事业。

麦贤得累了，脸上挂着泪珠睡着了，玉枝一手擦干丈夫的眼泪，一手擦干自己的眼泪。她把脏臭的床清理干净，让麦贤得舒服地睡下，然后轻手轻脚地打开抽屉，里面有一个寻常的笔记本，上面记着护理麦贤得的注意事项：

1. 不能靠近水边；

2. 不能爬高；

3. 不能太兴奋；

4. 不能太疲劳；

5. 不能吃太刺激的食物。

玉枝认真地加上了第六条，这是刚才军医走的时候交代的：

6. 注意不要让他连续发病，连续大脑缺氧会有生命危险！

摆脱病魔

在结婚之初的日子里，玉枝的日子可谓是冰火两重天。

一方面，麦贤得的病情极为不稳定，最严重的时候隔天就犯病，他一犯病玉枝就遭殃。每一次挨打，玉枝首先是双手抱着头，哪怕让阿麦撕扯她的头发也不能让他伤着脸。因为伤着胳膊，再热的天她还可以穿上长袖衣服遮挡着，否则带着一脸的伤去上班，偶尔一次可以说是不小心摔着的，总这样说别人就不信了。玉枝这样做，一半是为了面子，多一半是为了维护麦贤得的英雄形象，在玉枝的信念里，英雄的形象比自己的生命还重要，英雄的形象受损，她自己备受煎熬的意义就没有了。

而另一方面，那个时期，全国人民和全军官兵都在热火朝天地学习麦贤得，都在以麦贤得为榜样，活学活用毛主席著作，特别在"用"字上下功夫，发扬天不怕，地不怕，压倒一切敌人的英雄主义精神，随时准备消灭一切来犯的敌人。有四个字，在从小就有英雄情结的玉枝心里，分量千均重，那四个字叫"革命伴侣"，她觉得自己和麦贤得不是一般的夫妻，是革命伴侣，就像周恩来和邓颖超，就像陈铁军和周文雍……革命伴侣是什么？就是他们有共同的理想，有共同的敌人！玉枝把阿麦的病痛和残障，包括自己要面对的困境都当作是他们共同的敌人，为了阿麦，也为了自己，她必须消灭它们！

玉枝又想起双双说的话了："先结婚，后恋爱！"

那些日子，人们常常看到这样一个场景，身材矮小的玉枝，骑着一辆二八的双杠自行车，后面坐着她身材高大的丈夫麦贤得，那是一幅动人画面，麦贤得的表情变化不大，有些木讷，像个大男孩子跟着姐姐去串门，而玉枝的脸上，除了坚毅、善良和美丽，越来越多有了女人的味道。

渐渐地，玉枝也不那么害怕晚上的到来了，有一段时间，玉枝担心阿麦夜里病情发作她睡得太死耽误抢救时间，她索性每天入睡时把两人的手脚绑在一起，"有什么事我可以马上反应过来"。

她对丈夫的了解和爱就是这样从了解他的身体和病症，一点一滴开始了。

这可是20世纪70年代，一只手就能数得完的工资让人捉襟见肘，阿麦生着病需要康复，他不能没有营养。

怎么办？

玉枝还是上小学的时候就学习过"铁人"王进喜，王进喜的许多名言玉枝倒背如流：

"宁肯少活二十年，拼命也要拿下大油田。"

"有条件要上，没有条件创造条件也要上！"

"要为油田负责一辈子！"

玉枝觉得这些话好像就是说给自己听的！我也要为英雄负责一辈子，我要让他的身体一天一天好起来，过正常人的家庭生活！

为了更好地护理麦贤得，李玉枝四处寻医，自学各种药理和护理知识，每天记录丈夫的情绪和身体变化情况。时间一长，李玉枝积累了丰富的护理经验。麦贤得每天要服用六七种药，最多时达十多种，李玉枝总是细心地分好药片、准备好温开水，看着丈夫服下才安心。

麦贤得长期服用大剂量药物对身体机能会有不同程度的影响，李玉枝想，营养必须跟上！钱从哪里来，省吃俭用！她把每月30多元的工资全部用来为丈夫买营养品。很快，她又有了新的主意！

玉枝把前后院开辟成菜园，扎了竹篱笆，利用下班时间，把几块荒地开垦出来，自己种菜、养鸡、养鸽、养兔，这都是她拿手的呀，这样就能保证阿麦能吃上新鲜的鸡蛋和蔬菜，喝上自己养的家禽煲的汤。

"我们不能亏待功臣！"

所谓久病成医。李玉枝四处问医请药，大量阅读医学书籍和护理书籍，竟然摸索出一条护理规律来。在李玉枝的精心护理下，麦贤得的癫痫病由最多时一天发病3次，到后来多年没有复发；药物的副作用在他身上也几乎没有任何显现。

这之后的几十年，伴随着麦贤得的身体一天天好转，专家们纷纷感叹这是医疗护理史上的奇迹。身体内仿佛藏着小宇宙的李玉枝，硬是让一个有严重后遗症的一级伤残病人——她心爱的丈夫，逐步摆脱病魔走向健康正常人的行列。

当然，这是几十年以后的事情，漫长的日子是一天一天走过来的，除了疾病，玉枝要面对的事情还有许多许多。

情投意合

玉枝这一代的女性，在成长的过程中能学到的性生理、性心理知识都是很有限的，很晦涩的，很朦胧的，加上玉枝出嫁前，妈妈一直生着她的气，关于男女之道，玉枝可以说是一知半解。

成家之后的玉枝，一度很无助和惶恐，她不知道应该怎么做才更好，每当这个时候，她总能想起爸爸说过的那句话："英雄也是人，英雄应该有个家。"

让玉枝感到万幸的是，麦贤得虽然脑部严重受伤，炮弹并没有摧毁他的全部，特别是没有伤及他作为男人的本能。他们一天比一天更亲密，一天比一天更了解男女之间那些缠绵和美好的感受，玉枝带着对英雄的憧憬沉醉在爱的温存中，她和阿麦相互成全，阿麦使她成为一个真正的女人，她也使阿麦成为一个真正的男人，他们成了真正的夫妻。

很快，她就发现自己怀孕了。

这件事情给了李玉枝一辈子的成就感，尽管每个十月怀胎，麦贤得都不能像一般的丈夫那样呵护左右，一双儿女的相继出世，让她看到了上天对她的眷顾，李玉枝觉得这是上天对她当初的选择的最大肯定。

孩子的名字是麦贤得取的，麦贤得在海边出生，海边长大，后来成为一名海军，在海战中成为英雄，他说自己永远是大海的儿子，所以给儿子取名海彬，女儿取名海珊。

儿子海彬

在潮汕人的传统观念里，家里要是添了个男孩，那是天大的喜事，玉枝很幸运，第一胎就生了个男孩。儿子出生，麦贤得高兴坏了，买了奶粉、罐头，专门请了一个星期的假到玉枝的娘家汕尾海丰，玉枝是在那里生产的。

海丰县地处广东省东南部，海丰取义于"南海物丰"，素有"鱼米之乡"之称，它是广东历史文化名城，全国13个红色根据地之一。海丰的名人不少：无产阶级革命家、中国共产党早期领导人、杰出的农民领袖、被毛泽东主席称为"农民运动大王"的彭湃；音乐家，小提琴大师，中国的"贝多芬"，中国的"乐圣"，原中央音乐学院院长马思聪……多年以后又有了全国道德模范李玉枝。玉枝一直对家乡怀有深深的感恩，她觉得自己的红色基因和英雄情怀来自海丰这片热土。

玉枝和阿麦结婚的时候，一切都太特殊和匆忙，娘家人一个也没有参加他们的婚礼，这是阿麦第一次来玉枝的娘家，大家都觉得是喜上加喜的事情，没想到阿麦回来没有两天，就闯了祸。

离玉枝家不远的地方有一个市场，热闹非凡，那天阿麦到市场去想给儿子买点东西。

海丰人多讲"福佬话"，属于闽南方言的一支，虽然和麦贤得的家乡话有一些区别，但是沟通是完全没有障碍的，麦贤得边走边听，觉得很惬意。

平时在部队里待着，生活是单一的，甚至单调的，此刻到了市场，麦贤得被各种新奇的事物吸引，看得津津有味。

事情就是那么巧，就在这时，他遇到了几个淘气的熊孩子在市场捣乱，熊孩子趁大人们不注意，一个一个摊档把摊主们的货物弄得乱七八糟，阿麦跟在后面看，心里急出火来！他从来见不得捣乱的事情，就大声呵斥那些孩子。那些孩子刚开始看他穿着军装，还有些害怕，后来发现他腿脚不灵便，说不清楚话，不但不收手，反而越发淘气了，甚至几个人把阿麦围起来，冲着他做鬼脸，用脚踢他。阿麦被熊孩子们激怒了，咆哮起来，抓着一个熊孩子的手不放，疼得那孩子吱哇乱叫，惹得围观的人越来越多。

当地的人不认识麦贤得，看着一个穿着军装的人抓住一个孩子的手不放，不说话，只是愤怒地嚎叫，不知道是谁喊了一句：

"解放军打人啦！"

这下可好，引来了市场的管理人员，把他们统统带到了管理处的办公室，孩子们的家长很快来了，围着麦贤得不依不饶，麦贤得气得脸色发青，百口莫辩。

"玉枝，快去看看吧，你家阿麦在市场跟人打起来了。"

很快，有人跑回家给玉枝报信，一听这话，玉枝的脑子"嗡"的一声，全身的血都往头上冲。她一跃身，下了地，一下就摔倒了，她发现自己的双脚是软的，两方面的原因，一方面她刚刚生完孩子，还在月子中，另一方面她不知道事情有多严重，阿麦发起病来打人那是不知轻重的，别把人打出毛病来。

玉枝在妹妹的搀扶下深一脚浅一脚地赶到了市场的管理处，拨开一层又一层的人群，她看到几个家长气势汹汹地围着自己的丈夫，麦贤得此时显得手足无措，见到玉枝，眼神空洞地望着她，像是一个犯了错误的孩子看着自己的妈妈。

她心里好想说，你们知道他是谁吗？他是战斗英雄麦贤得！但是她忍住了，没说出来。人们不是不知道麦贤得，而是没有人把眼前这位行为有些异样的军人和小学课本中出现的《钢铁战士麦贤得》中的主人公，和那些曾在无数大街小巷张贴的宣传画中的英雄联系起来，玉枝鼻子一酸，差点哭出来，但是她知道现在不能哭。她先安抚好阿麦，让他平静下来，然后挨个和每位家长和孩子赔不是：

"对不起……实在对不起……他不是一般的人，他有病在身……他控制不了自己……"

起初几个家长还不依不饶的，好在看到玉枝惨白的脸和诚恳的态度，这才领着孩子回家了。

玉枝和妹妹一起带着麦贤得走出市场，玉枝眼前一片黑，原来不知不觉已经是晚上了，回到家，伺候阿麦吃药睡下，玉枝一下瘫软在儿子的褓褓边，她抱起儿子，委屈地哭起来，不敢大声哭，怕旁边的爸爸妈妈听到，她把脸深深埋进儿子的褓褓中。

女儿海珊

从那次市场风波之后，麦贤得对孩子的吵闹似乎更加敏感和易怒，从某种意义上说，这件事使得玉枝和麦贤得的分居生活更加成为他们夫妻生活的常态，麦贤得在部队继续接受相关的治疗，玉枝在汕尾带孩子，夫妻聚少离多，5年之后的1978年，女儿海珊出生了。

孩子们出生之后，日子好像被调快了速度。

麦海彬和麦海珊小的时候难得见到爸爸一次，见到了两个孩子也有些怕他，爸爸好像有发不完的火，所以兄妹俩总是本能地躲着爸爸。后来海彬到了上学的年龄，不能再待在汕尾的姥姥家了，玉枝带着两个孩子作为随军家属从汕尾搬到了汕头，两个孩子终于过上了父亲不缺位的生活。

但是，两个孩子对父亲麦贤得一度产生误解甚至怨恨。

李玉枝从汕尾海丰县调到汕头盐务局上班，一家人住在汕头海军家属大院。每天，天还没有亮，李玉枝就要起身忙碌，先到后院打理菜地，回来手脚不停地安顿好阿麦的衣食，麦贤得吃完早饭她又开始忙活喂家禽。然后，把儿女分别送到附近的小学和幼儿园，再后，骑单车上班。她的工作并不轻松，有时还要下乡处理业务。儿子海彬说，妈妈常常忙得灰头土脸。

麦贤得的病情时好时坏，由于脑部受伤产生的病态，烦躁易怒，控制不了自己的情绪。

有一次，儿子约了几个同学在家制作护卫舰模型，这是海军大院的男孩子们最痴迷的游戏，麦贤得也很感兴趣，也参与其中。想象一下，这其实就是几个孩子之间的交流与碰撞，因为麦贤得也是孩子，这些男孩子们当时是无法理解的。他们本来就不想和麦贤得一起玩，麦贤得加入进来在制作方法上还有自己的想法，没两下，他和孩子们就因为分歧而突然情绪激动起来，麦贤得气得掀翻桌子，抓起舰模猛摔在地上并狠狠地踩，孩子们都被吓坏了。

海彬左右不是，难过极了。

父亲的病态，令儿女幼小的心灵承受着一般小孩难以承受的心理压力。

女儿海珊五六岁的时候，喜欢跟邻居小孩玩耍。有一天，一群小孩互相追打，海珊疯跑着撞了麦贤得一个满怀，要是别的孩子，可能就直接扎在父亲的怀里撒娇了，没想到麦贤得一声怒吼，直接把女儿倒吊起来拿鞋子抽。当时玉枝不在家，邻居发现了赶紧上前劝说麦贤得才把女儿放了。

海珊那时小，吓坏了，等玉枝回来放声大哭了一个多小时："妈妈，爸爸为什么那么恨我啊！为什么啊……"

玉枝的心都碎了。

这件事情过后，海珊的脸上好多日子都看不到一丝笑容。

"我心里清楚，如果不能及时消除他们父子父女之间的这种误解，那么这个家的亲情就会慢慢淡了，家也就散了。"许多年后，李玉枝看着儿女们的照片这样说。

儿女酸楚

海军宿舍的院子不大，在一条主路边上的小街里，从主路转进海军大院要走过一条100多米长的小巷，玉枝每天就从这里回家，不记得有多少日子，玉枝在这条巷子里每走一步心里都怕得要命，她怕阿麦又犯病了，怕孩子们又挨打、受委屈了，但是她又不得不加快脚步，因为她知道这个家要由她来支撑着，并化解着一切可能的紧张和危机。

推开家门，玉枝从孩子们的表情就能判断出阿麦的身体状况，若是稳定，一家人就可以轻松地吃顿饭，甚至说说话，若是不好，空气中便好像僵住了，弥漫着压抑的味道，玉枝和两个孩子会默契地快快吃完饭，然后散开，做作业的做作业，做家务的做家务。

的确，两个孩子从小就承受着比同龄孩子更多的心理重压和痛楚。麦贤得发病的频率一度很高，最糟糕的时候一天会两次发病，发起脾气来非常吓人，哥哥妹妹都像躲避"凶神"一样跑得远远的。

麦贤得对兄妹两人的学习要求非常严厉。海彬还没有上学的时候，他就买了一本描红簿，督促着儿子描，没有合适的凳子，他就动手制作了一只小凳子给海彬坐，还买了一张可以折叠的小桌子，海彬一边描，他一边站在身边指点，声音很大，态度很严厉，每次年幼的海彬都战战兢兢紧张得要命，说不定哪下子没描好，爸爸就发起脾气动起巴掌。

后来海彬上学了，每次写作业，麦贤得都站在身后看着儿子，他语言有障碍，经常口里叽里咕噜的，不知说些什么。海彬觉得，明明一道数学题要解开了，却被他一嘀咕思路又乱了。一次，海彬饭后正在写生字，爸爸也像往常一样直直地站在儿子身后，口中念念有词，海彬不知听好还是不听他的好。写着写着，忽然，麦贤得一只大手按住儿子的脑袋，使劲往桌面压，嘴里含混不清地咆哮着！

"啊……啊……"海彬疼得大叫起来，感觉脑袋要被爸爸压碎了，海彬最终奋力挣脱父亲，惊慌失措地扑进妈妈的怀里求救。

"呜……妈妈……爸爸又打我……疼！"

玉枝赶紧把孩子抱到房间里，把门关起来。等海彬稍微平静了，玉枝才问明原因，她是又心疼，有无奈！妈妈向儿子解释道：

"阿彬，刚才你写字头太低了，阿爸怕你长期下去眼睛会近视的。眼下城里人的近视眼很多，他在背后念叨着要你头抬高，你没抬高，他就按你的头，骂你'要低，就低下去吧！'你爸爸是要你好，只是语言表达不清楚，你听不懂，他就发脾气。你谅解他吧，以后写字头别太低了，知道吗？你知道爸爸的心结在哪里？"

"呜……在哪里？"

麦贤得、李玉枝的两个孩子海珊和海彬童年时的照片

"他希望将来把你送到部队去，像他一样当兵，近视了可就去不了了。"

这句话，海彬完全听进去了，当一名海军，也是他的梦想。

每当父子父女发生矛盾时，玉枝一方面小心保护着孩子，哄孩子别伤心；另一方面，她要把麦贤得带出去散步、聊天，平复他的情绪。常常麦贤得从病态的情绪中缓过来，都会后悔得不知道该如何是好，这时玉枝就带麦贤得到商店里买一些孩子们喜欢吃的，要么就是学习用品或是文体用品，回到家一进门，玉枝就会大声地招呼孩子：

"孩子们，看爸爸又买了什么回来！"

海彬记得，有一次爸爸带回来一副象棋，爷俩之间的愁云惨雾一下就化开了，海彬跟着爸爸学会了下象棋，后来成为一名象棋高手，在部队里小有名气。

海珊则记得爸爸妈妈有一次带回来两根漂亮的头绳，这是她最想要的，她也知道这是妈妈叫爸爸买给她的，那是海珊童年，一抹亮丽的红色。

海珊小时候常常觉得心里委屈，爱哭，她曾经很好奇，妈妈也常挨爸爸的打，为什么妈妈从来不哭呢？

直到有一天深夜，她睡得迷迷糊糊起来，听到妈妈躲在房间里偷偷地哭，夜很深，四周很安静，她听得出妈妈拼命地压抑自己不要哭出声来。那个晚上，海珊推开妈妈的房门，哭着抱住妈妈，她永远都记得妈妈慌忙掩饰自己悲伤的神情。

当海珊回到自己的房间，推开窗伸头看窗外的星空，她也觉得自己在那个晚上突然长大了，女孩通常是在了解了妈妈的苦难之后长大的。

两个孩子长大的年月，正逢爸爸"英雄落难"之际。由于毛主席接见麦贤得的照片上有林彪在旁，那时人们的思想非左即右，有人便说他是林彪树立的假英雄。麦贤得气病了，脾气变得越发暴躁。

这一天，麦贤得又犯病了，拿起铁条就打儿子！

那是铁条啊！而麦贤得在发病中，每一下都像是要往死里打！

儿子腿上、手臂上一瞬间皮开肉绽，幸亏玉枝回来及时，她冲上前去夺麦贤得手中挥舞的铁条，可是，她个子那么小，麦贤得那么高大，她根本够不着。

麦贤得正在气头上，挥着铁条就向玉枝打来，玉枝挨了几下才拼命夺下他手里的铁条，安抚下麦贤得的情绪。

那一次，海彬后来在家养了二十多天才回到学校上学，这件事，就算很多年以后，自己成了父亲，海彬想起来还是觉得很心酸。

那天的海彬看着自己身上的伤，妈妈身上的伤，哭着跑了出去。傍晚，玉枝带着海珊在海边找到海彬。儿子用异样的眼神望着妈妈，突然问道：

"妈妈，你与爸爸结婚是自愿的吗？"

玉枝猛地一愣，儿子从来都没有问过她这样的问题，一转眼，一双儿女都到了问这个问题的年龄了。

玉枝苦笑道："是的，是组织动员的，妈妈自愿的。"

"那时，爸爸已经患病了吗？"

"是的，爸爸那时的病比现在还严重。"

儿子哭喊道："妈妈，阿爸发脾气好凶啊，我好怕他呀，你为什么样要嫁给这种人呢？"

那个海边的黄昏之夜，让玉枝刻骨铭心。她抱抱海彬，又抱抱海珊，嘴里不由自主地喃喃着："对不起……孩子们……妈妈替爸爸跟你们说声对不起……"

三个人哭了很久很久，最后，玉枝抚摸着兄妹的头发，叹息着说："阿彬你已13岁了，阿珊你也8岁了，该懂事了！今天，妈妈就给你们讲一个故事吧。"

玉枝讲起了"八·六海战"的故事，这些故事早就刻在她的脑海里，每一处细节，每一个场景仿佛身临其境，讲一个士兵是如何成长为英雄的。

兄妹俩屏息凝神地听着，都被故事中的主人公感动得泪流满面，"这个了不起的'钢铁英雄'是谁呢？"

"他……"玉枝深情地望着孩子们。

"他就是你们的爸爸——麦贤得！"

两个孩子张大了嘴巴，无法将"凶神恶煞"的爸爸和妈妈说的英雄联系在一起。

英雄就是爸爸？！

我们就生活在一个英雄的家庭里？！

回到家，玉枝看到两个孩子震惊万分的样子，心里涌出万般的怜爱，她决定多让他们知道一些。

"孩子，在妈妈还当姑娘的时候，广播里常常播他的名字，报纸也天天登他的名字和照片，还有毛主席接见他的照片。他在医院的时候，最多的一天就收了780封信呢……哦，对了，我让你们看一件东西。"

玉枝拿出珍藏的一本相册。她打开相册，翻开了第一页，是毛主席接见阿麦的照片，孩子们惊讶地看到了年轻英武的爸爸。接下来有董必武和陶铸、有贺龙和叶剑英元帅看望爸爸的照片……父亲如此辉煌耀眼的历史，惊得哥哥妹妹目瞪口呆。相册后面还夹着一封信，这是玉枝最近代替麦贤得收下的，湖北省秭归县团委485名素不相识的青年工人给英雄麦贤得集体写来一封信，一封热情洋溢的慰问信！

"阿彬，你念，也让妹妹听一听！"哥哥展开信纸，一字一句地念起来。

信终于念完了，兄妹俩已泣不成声，他们一头扑在妈妈的怀里，娘仨抱在一起痛哭，内心积蓄多年的甜酸苦辣像决堤的河水一样倾泻而出。海彬说："妈妈，今天我终于明白了您为什么那么爱爸爸，您是对的，我错了！"

海珊哽咽道："妈妈，今后我一定听爸爸的话！"

　　麦贤得精神好的时候，很喜欢教孩子们怎样读书，怎样做好事，怎么懂礼貌。但他说话不清楚，有时说了半天，孩子们还不知道他说的是什么，玉枝就充当翻译。

　　"学雷锋、安业民，大公无私，做一颗小小的螺丝钉。"

　　"学雷锋，做好事，听毛主席的话，为人民立新功。"

　　"我的生命是党和人民给的，永远为人民服务……"

　　这些是麦贤得重复最多的话。孩子们有时会向妈妈抱怨："爸爸怎么没完没了说这些？"

　　玉枝向孩子们解释道："你阿爸是60年代初毛泽东时代成长起来的，脑子装满了'听党的话，为人民服务'，'学雷锋，做好事'。敌人的炮弹使他脑神经受了伤，相反，原来那些好的思想作风却好像生根、定格了一样，永远保留在他头脑中。"

真假英雄

尽管康复之路漫长而遥远，令玉枝欣慰的是，麦贤得依旧乐观顽强地面对生活，一家人在人生的风雨中就这么艰难地一步一步地向前走着。但是，接下来的苦难让玉枝和麦贤得始料不及，难以招架。

1971年9月13日，林彪及其妻子叶群、儿子林立果等人叛党叛国，乘坐中国人民解放军空军的一架256号"三叉戟"飞机从山海关机场强行起飞外逃，凌晨2点25分在当时蒙古人民共和国肯特省省会温都尔汗依德尔莫格县苏布拉嘎盆地贝尔赫矿区以南10公里处坠毁，机上9人全部死亡。这就是震惊中外的"九一三事件"。

让李玉枝万万没有想到的是，接下来的几年时间，伴随着林彪的出逃风波的负面影响层层深入，麦贤得一家也受到了牵连。

那些日子，部队政治学习批判林彪，麦贤得自然也要参加，但是，人们根本很难想象，麦贤得所有的记忆还停留在他受伤前，"保卫祖国的江山永不变"依然是他的口头禅，他"战斗英雄"的证书当初正是林彪授予的，他受过重伤的脑子不可能转得过弯来，当听到人人批判林彪，他非常生气，会大声地说：

"一是一，二是二；对就是对，错就是错。"

有人站出来批评他："全党全国都在批判林彪，你不应该说这样的话！"

麦贤得不理会："反动！""你们……反动！"

好几次他面红耳赤地和别人争执起来。

在那个特殊年代，这可不是小事，立场问题！一时间，那些关于"英雄是个傻子"的说法已经是轻的嘲讽了，甚至有人上纲上线地说麦贤得是林彪反党集团的遗毒，是假英雄。

大人们的议论最容易影响孩子的言行，有一天，周边几个不懂事的小孩儿竟然跟在麦贤得后边起哄，麦贤得在前边一瘸一拐地走，孩子们就在后面用球、沙包掷他，大声地说着："傻英雄！假英雄！"

麦贤得脑受伤，听力却是很好的，他不敢相信他听到的。

英雄承受得了伤痛，却难以承受人们的误解。病情好不容易稍微稳定下来的麦贤得开始拒绝吃药，他不明白发生了什么事情，他委屈，难过，但又无法表达自己！这一切玉枝都知道，都明白。还有谁比玉枝更难过呢？如果麦贤得是个假英雄，那玉枝的整个生命都变得没有意义了！但是她不能难过，她还得安慰常常怒不可遏的丈夫。

"阿麦，你那一起打仗的四个战友，杨映松他们，记得吗？年纪轻轻就牺牲了，永远告别了人生，咱们不是还活着吗？哪怕是天大的事情，想想这，你应该放宽心哪。"

"你在'八·六海战'中那么勇敢，脑袋开花了还战斗了3个小时，毛主席、周总理都关心你的伤，这怎么假得了？就算全世界都不相信你是真的英雄，我相信你！"

"天塌不下来的，天塌下来我顶着。我们有家，有两个孩子，我们一起来渡过这个难关。"

李玉枝至今记得，听完她那番话，麦贤得的眼泪就滴了下来。玉枝永远也无法完全了解这眼泪的内容，他是思念战友了吗？还是为自己的处境感到不公。

　　这一辈子，玉枝只看见麦贤得哭过两次，一次是阿麦犯病第一次动手打她，打得她无处躲无处逃，等他清醒过来，看着自己身心受伤的妻子，他流下了眼泪，像个犯了错误的小男孩。

　　这一次，玉枝看到的是英雄的无奈，她自己也有着太多太多的无奈。

　　"那是我们一家子最艰难的日子！"

　　在玉枝的世界里，最绕不过去的词就是"假英雄"，她从来也没打算绕过去，英雄是她所有的信念支撑。玉枝自己都觉得自己有些像祥林嫂了，逢人便说："因为炮火，麦贤得差点丢了命，是党和人民救了他，这哪里假得了。"

　　那些日子是玉枝觉得最无助的日子，这些年积攒下来的委屈和无助应该对谁去说呢，不能和阿麦说，即便说了他也许也不明白；不能和孩子们说，说了孩子们更会生活在恐慌中，本来他们就因为父亲的伤残经历了太多他们不该经历的东西；不能和亲人说，不能和同事说……后来她终于找到了倾诉的对象，那就是大海。每当委屈和无助时，她就自己一个人到海边走走，深情地望着那片海，深情地回到1965年的8月6日，就是这片海见证了麦贤得如何成长为一名"钢铁战士"，就是这片海把她和"钢铁战士"联系在了一起，每当这个时候，她心里就会迎进来一束光，她就会感受到一种强大的力量，这力量总能让她像个战士一样回到现实的生活中，坚强而柔软地去面对一切。

　　被"株连"的事情虽然没有大范围传开，但因为"文革"还没过去，很多人都怕被影响，麦贤得就被边缘化和疏远了。那些年，部队逢年过节会分些海鲜或是特产什么的，曾经有一度，汽车开进大院，院子里沸腾了，就像过年，但是麦贤得家却没有份。玉枝心里好难过，但是她还不能让阿麦看出来，他会发脾气，会找人理论，到时又不知道会惹出什么事端来。

　　怎么办？

　　玉枝好几次去娘家借钱，去街上买些同样的东西，回家告诉阿麦，这是部队分的，让阿麦宽心。

有一次玉枝的弟弟来家里，刚好看到了事情发生的全过程，弟弟心疼姐姐，他哭着说："姐，你是何苦呢？"

玉枝没有哭，她只是告诉弟弟说："千万不要让妈妈爸爸知道。"

这是特殊时期的经历，很短暂，但刻骨铭心。

远在饶平的麦贤得的大家庭也受到了冲击，原本，麦贤得是家乡的骄傲，是"八·六海战"的英雄战士，每年的8月6日这一天，家乡都会召集乡亲和民兵开会，向英雄学习和致敬，向英雄的家人表示慰问，而这一年的8月6日，向英雄学习的座谈会变成了批判会，麦贤得的妈妈和一家人深受打击。

曾有两次，麦贤得被安排转业，病退回家，玉枝非常坚定地拒绝了，她的信念是，麦贤得是英雄，英雄就应该属于部队。几十年之后的2017年7月28日，中央军委主席习近平签署命令称，八一勋章获得者麦贤得同志是意志坚强、不怕牺牲的钢铁战士。

玉枝是多么庆幸自己当年的坚持。

心火释放

　　从结婚的那一天起，玉枝就感到一种莫名的压力，这份压力来自外界，来自麦贤得的大家庭，来自人们对她和阿麦的夫妻生活的别样关注，或者说是八卦，或者说是有人站在道德的制高点上审视和监督。

　　在工作单位，常常会有些年长一些的大姐嘘寒问暖，拐弯抹角地问她一些房事上的问题。

　　结婚没有多久，玉枝就顺利地怀孕了，她开心地把自己怀孕的消息告诉大家的时候，大家的反应让她五味杂陈。人们的目光中，有惊喜和祝福，有不可思议，也有怀疑的审视。

　　海珊出生之后不久，发生了一件事情。

　　一位远房亲戚来看她，瞧着孩子说："这孩子长得像妈妈……"但似乎话里有话。

　　玉枝心里不舒服，但是没说什么。

　　又过了几天，这位远房亲戚又一次突然造访，这次彻底点燃了玉枝的心火，她真的怒了！

　　这天，这位远房亲戚来的时候，玉枝正在院子里忙：

　　"没听说你要来呢？阿麦今天不在。"

　　"我知道他不在，我就是来看看。"说这话的时候，远房亲戚的眼睛没有半刻停在玉枝身上，而是不住地往里面打量。

"那你先进屋，桌上有功夫茶，你先喝着，我忙完就来。"

玉枝真的没有想那么多，可是当她回到房间，她看到的一切让她无法控制自己——

这位大姐神神秘秘地查看他们的每个房间，她甚至进了她和麦贤得的卧室，她甚至猫下腰，撩开床单查看了一下大床的床底。

"你在找什么？"

"没找什么……我随便看看……"

"随便看看要看储物间吗？不找什么翻床底下干什么？"

……

玉枝怒火中烧！

"你都看清楚了？你可以走了！回去告诉那些和你一样有乌七八糟想法的人，你们把我李玉枝想象成一个什么样的人了？以后我的家绝对不欢迎你再来！"

那是玉枝极少有的一次大发脾气，她话说得很快，声音很大，她不怕街坊邻居听见，她甚至希望他们听见，她希望人们在自己痛快、干脆、真切的骂声中知道李玉枝的态度。

那个远房亲戚落荒而逃，从此再也不来往了。

玉枝的父母都是孤儿，他们身上的共同特质就是善良，他们也把善良完完整整地传给了玉枝，玉枝从小就相信善良就是一切。那次激烈地释放了自己的情绪之后，玉枝还是相信人们都是善良的，只是内心恶的一面有时不知道被什么事情激发了出来，人性因而变得狰狞而可怕。

这一天，玉枝又去了海边，许多的心酸就像潮水一样涌上心头，她对着大海放声大哭起来，她甚至没有意识到自己在哭，就像她从来没有想到过人生会有如此彻彻底底的伤害和绝望。

如果说麦贤得蒙冤，还有她为英雄叫屈，那如今自己面对这么险恶的人心，又有谁会为自己叫屈呢？她仿佛又看到了那片火海，这一次，她对这片海竟然生出了抱怨，那片成就了麦贤得的火海，它也让麦贤得失去了保护自己的女人的一切可能。

阿麦，你能懂吗？

我多么希望你能懂我，哪怕只是一点点，哪怕这一辈子只有一次。

能不能只有一次，让我走进你的情感世界，你能让我感到真正的爱？为此我甘愿付出着自己最珍贵的一切，只求你，让我在你的世界里听到我的爱的回声。

当然，这样的内心活动，对于那个年代的女性，特别是对于玉枝来说，她可能自己都洞察不到。几乎所有的人都是一样的，有什么事情不知道应该怎么做就会去《毛主席语录》中寻找答案，玉枝是学习毛泽东思想的标兵，她自然更是这样，而每次她总能找到答案，就像毛主席事先说了许多话，知道玉枝一定能用上。

玉枝这个时候想起了之前在看关于麦贤得的报道的时候，在报眉上看到的毛主席的一句话："这个军队具有一往无前的精神，它要压倒一切敌人，而决不被敌人所屈服，不论在任何艰难困苦的场合，只要还有一个人，这个人就要继续战斗下去！"

当初，麦贤得就是在这样的精神感召下坚持战斗的，玉枝想，她的敌人就是眼下的困境，麦贤得是战士，自己是麦贤得的妻子，自己也是战士，她要继续战斗下去!

和以往的无数次一样，玉枝等到了照进她心里的那束光，这束光让她看到了自己的初心，从她答应嫁给麦贤得那一天起，她就是带着使命来的，英雄就是她的事业，谁的事业会是一帆风顺的呢？

和以往的无数次一样，她又带着浑身的力量回到她必须面对的现实。

新的生日

这天黄昏，玉枝下班，一身的疲惫，脚步是沉的，真想回家稍微歇一歇。

"玉枝，你快去看看，老麦被年轻的兵打啦！"

刚走到街口，就听见邻居这样说。玉枝的脑子就像是被雷轰了一下，她三步并作两步冲进家门，眼前的景象让她心如刀割。

阿麦像个孩子似的蹲在地上，衣服被扯烂了，手拿着一根树枝拼命在地上乱划，怒目圆睁，青筋凸起，本来就说不清楚话，这个时候就更听不清他说什么了，也许他什么也没说，就是表达愤怒。

勤务兵无比愧疚地为玉枝还原了当时的情景，他们在散步，老麦说要喝水，勤务兵就离开了，老麦坐在篮球场旁边看几个年轻的兵打篮球，一边看，一边大声地评价：

"不好！"

"这个……不好！"

那几个年轻的兵打球正在兴头上，不知道哪里来这么个话都说不清楚的人在旁边指手画脚，火也上来了。

其中一个兵把球扔给他："你厉害，你来！"

麦贤得想接球，但是，那球不是他想就能接住的啊。

球飞得很远，年轻人们大声笑起来，他们不友好的笑激怒了麦贤得，"嗷嗷"地想跟他们理论，声音越来越大，但气得什么话也说不出来。几个年轻的兵越发讥笑起来，麦贤得抓着其中一个要理论，结果双方推搡起来，此时的麦贤得，身材高大加上一身的蛮力，几个年轻人并不那么容易对付他，推搡很快升级为混战，混乱中老麦的背被用力砸了几下，幸好勤务兵赶到……

勤务兵以为大姐会哭，会抱怨，但是她没有。

玉枝的第一个反应就是不能让孩子看到父亲的狼狈，她给了一点钱让海彬把妹妹带出去吃点东西，让勤务兵也先离开。

家里就剩下玉枝和麦贤得两个人了，玉枝陪阿麦在院子里坐下来，她不知道该对阿麦说些什么，她只是本能地把自己的难过、无助、失望都掩饰起来……直到天色渐渐暗下来，别人家的灯光透进了院子里，阿麦含混不清的吼叫渐渐平息，他坐在院子里睡着了。

张全耀这时走进院子，看到这一幕，这个七尺男儿落下泪来。

张全耀是部队的宣传干事，他也很熟悉麦贤得的故事，更清楚麦贤得一家的处境。一有时间他就会来家里，看看有什么能帮忙的家务，或辅导两个孩子做功课。

此刻，看到这个场景，感受着玉枝心里的无助，他心里难过到了极点！这些年，麦贤得的事迹不怎么宣传了，年轻的士兵们对英雄的存在一无所知，那几个新兵真浑啊！

张全耀帮着玉枝把麦贤得搀扶进屋，他想安慰一下大姐，却不知怎么安慰好，因为此时他的内心也充满失望和不解。

他说："以后谁还会为国家拼命啊……"

多少年之后，李玉枝都记得张全耀的这句话给她带来的冲击和震撼。

嫁给麦贤得，一个人要照顾不能自理的丈夫、要工作、要拉扯孩子……她吃了许多常人难以想象的苦，但是她的内心是无比坚定的，就如同她作为一名共产党员的信仰，为国家，为部队照顾麦贤得，让英雄有一个家，为部队传承一种英雄的精神，这是她的全部动力。如今，国家搞经济，英雄被忽略了，甚至张全耀这么有英雄情结的军人都开始感慨，这不可以！

如果说，麦贤得把名誉看得比自己的命还要重，那么玉枝把维护这份荣誉的责任看得比自己的生命还重要。

张全耀的一句话让玉枝油然生出一份责任感，她不允许自己生活在动摇和失望中，她更要传递她内心的坚定，她要做些什么。英雄的精气神是不能懈怠的，她一定要携着阿麦，牵着孩子从这样的灰暗中走出来。

那天，孩子们回来后，玉枝把他们叫到饭桌上坐下来，把她的决定告诉孩子们：

"你们的爸爸是'真英雄'！"

"炮火中他差点丢了命，党和人民救了他，这哪里会假？！"

"任何时候，我们都要相信党，相信伟大的、正确的、光荣的党！是党和人民给了他第二次生命，这永远不会假！"

玉枝一遍一遍地梳理着自己的情绪，也建立着孩子们的信心，玉枝越说语气越坚定，两个孩子越听越振奋，而玉枝接下来说的这一番话着实让他们欣喜。

"再过两天，就是8月6日了。这些年，你们的爸爸从来没有过过生日，奶奶也只记得他是腊月出生的，你们都知道，爸爸是'八·六海战'的英雄，是党和国家把他从死神手里抢回来的，所以，以后8月6日这一天，就是爸爸的生日了，今年我们给爸爸好好过个生日！"

两个孩子欢呼起来，他们太小，不能完全明白妈妈的意思，但是妈妈此时脸上的坚定和明快，让他们感受到了某种意义，这种意义能给这个家带来快乐。

从那以后，每年的8月6日，就是这个家庭最重要的节日，后来还渐渐变成了"八·六海战"的战友大聚会，2017年8月6日这一天，生日聚会有六十多人参加，热闹极了！

康复疗养

    时光流转，政治环境也在改变，慢慢地那些流言消失了，人们对英雄的敬重回来了。

    部队对麦贤得的康复和疗养也更重视了，经常让他变换环境，调节身心，也让玉枝带着两个孩子有了喘息的空间和时间。

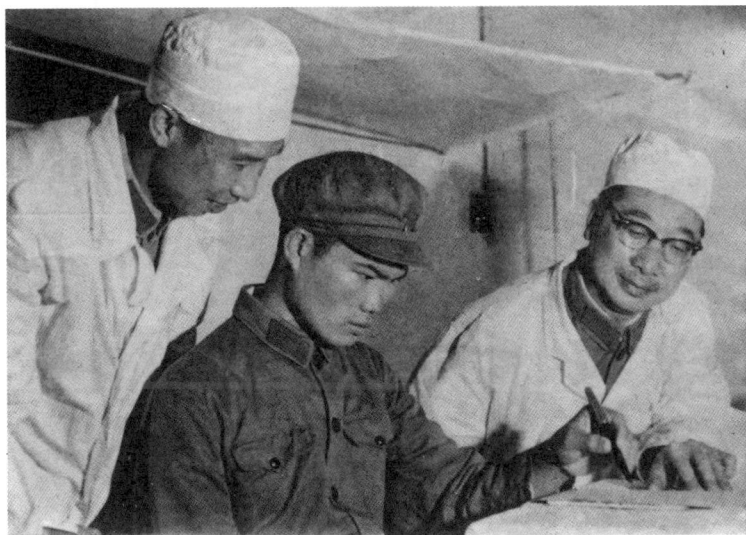

麦贤得在做康复治疗

广州石榴岗海军疗养院是麦贤得喜欢待的地方，疗养院坐落在海军广州基地院内，环境优雅，内环珠江，空气清新，风景秀丽。在这里，麦贤得能遇到许多来自海军其他部队的战友，有飞行员、潜水员、陆地人员……每天安排2小时的集体活动也是麦贤得喜欢的，有医生讲解健身知识并进行实际操作。每个星期组织一次参观旅游活动，大部分时间都是自由活动，可以到图书馆读书、下棋、打扑克、打球和进行各种健身运动，各方面的生活都很不错。麦贤得闲不住，他常常帮助护士打扫卫生，拔院区花坛里的草，一干就是几个小时。

战友们听说能和"钢铁战士"麦贤得一起疗养，都深感荣幸和兴奋。不过，很快他们就会发现，英雄也是普通人。平时麦贤得喜欢打扑克，赢了就高兴，输了就发脾气摔牌不来了。发过脾气一会儿就好，还到处找人攒牌局，了解了他的脾气，大家也都让着他了。

不管医生护士还是病友，都叫他小麦，他可高兴了。每天吃过晚饭总是拉着大家一起去散步，大家也有许多问题要问他。

"毛主席接见你对你说了什么话？"

"他说：小麦，身体好得多了？"

回忆起这些，麦贤得依然激动得眼含热泪：

"我回答主席：好，好，好！我好多了！"

尽管麦贤得的表达是不流畅的，但是，他内心的激情战友们是能感受到的。也理解因为严重的脑外伤，麦贤得他的思想好像定格在了20世纪60年年代，没能做到与时俱进，好像是一个停滞不前的人。他是毛泽东思想哺育的大智大勇的革命战士！毛泽东思想完全融化在他的血液里，落实在他的行动中了。

记者来了

　　海珊是1978年出生的，这一年也是中国历史上值得铭记的一年，1978年12月18—22日，党召开了十一届三中全会，它是我党历史上具有深远意义的伟大转折，这个转折当然也给玉枝的家庭带来了变化。

　　1987年是建军60周年，7月，麦贤得夫妇应邀到北京参加全军英模代表大会，这是玉枝第一次陪阿麦去北京，她既兴奋又紧张。

　　从广州转乘飞机时，还发生了一件有意思的事情。在通过安检门时，自动报警器发出了刺耳的警告，麦贤得在工作人员的引导下掏出了身上钥匙、手表等一切带金属的东西，但报警器还是叫个不停，玉枝第一次遇到这样的事情有些手足无措。

　　年轻的安检员给他一遍遍地检查，报警器还是一遍遍地叫唤，那叫声真是让玉枝感到忐忑。最后，安检员只好报告领导，值班长一到，喜出望外：

　　"原来是麦贤得英雄啊！"

　　他马上明白了报警器报警的原因！这位值班长一边与麦贤得握手问好，一边幽默地批评安检员连麦英雄是"钢铁战士"，有特异功能都不知道，搞得安检员一头雾水。

　　值班长："也不能完全怪你，你太年轻！报警器为什么总是呼叫，是因为麦贤得的脑壳上有一块有机玻璃支撑着，同时身上还残留着弹片的缘故。"

接着值班长给年轻的安检员快速地上了一课，安检员听后肃然起敬：

"我真是有眼不识大英雄！"

他连忙把麦贤得请到贵宾室，并当即买来一束鲜花表达敬意和歉意。麦贤得接过鲜花后，伸出左手的小手指说：

"我是……一颗……小小的……螺丝钉！"

然后他伸出大拇指，表扬安检员责任心顶呱呱！把大家都逗乐了，玉枝这才释然。

正当这时，贵宾室的门打开了，门外站满了人，原来候机的群众，听说麦贤得在这里，都慕名而来，争相一睹久违的英雄，麦贤得非常感动，举手向大家敬了一个军礼，此事被一位敏感的记者知道了，当即发了新闻，传为佳话。

全军第二次英模代表大会召开后，央视记者来汕头报道新老英模，来的时候，采访组连设备都没有带，对这次采访不抱任何想法，毕竟十几年没有人提起这个名字了。然而，当他们迈进麦家的门，见到玉枝，见到海彬和海珊，报道组记者们的心里就再也无法平静了。英雄依然在，英雄的家庭生活是如此的传奇，又是如此的清贫。他们临时调整了采访计划，临时向当地电视台借了机器，对麦贤得、玉枝进行了深入采访。

麦贤得是依赖妻子的，专访中，在答问时，他脸上不时浮现出疑虑的表情，经常看向妻子。当他艰难地蹦出一个个词语时，妻子会轻声引导他，他就迎着妻子鼓励的眼神，跟着复述。

镜头真实、真诚、真挚地再现了这一个个动人的细节，麦贤得的现状得以被全国观众知悉。"每天会收到几百封各地来信"，李玉枝挑了一封来自湖北48位共青团团员的联名信，孩子看完信后哭了，"妈，还有这么多人认识爸爸。"

这次采访结束时，报道组约一家人到汕头一个有改革开放标识的地方拍张照片，告诉世人关于英雄的消息。

玉枝是以一种特别崇敬的心情迎接拍照这天的到来的，这些年，一家人要不就是两地分居，要不就是老麦身体不好，几乎就没有一张像样的合影，并且这张照片将来很有可能发表在媒体上，她要让大家知道，这些年麦贤得不仅身体越来越好，而且还有一双出色的儿女。

1986年7月，央视记者为李玉枝一家在汕头市龙湖经济特区拍摄的全家福

这天玉枝早早就起来了，先打扮两个孩子，玉枝相信家庭过得好不好，看孩子就知道。儿子都快有自己那么高了，她为他准备了一件雪白的衬衫，蓝色的运动短裤，配上长款的"斑马"球袜和"回力"球鞋，小伙子显得特别帅气和精神；妹妹向来乖巧，玉枝给她准备了一条学生裙，这在当时是最时髦的打扮了，两把"刷子"梳得高高的，在加上一个亮色的发卡，别提多可爱了；贤得看着玉枝精心打扮两个孩子，在一旁呵呵直乐，玉枝把贤得的衣服也准备好了，就是洗得干干净净的海军干部服，玉枝一边给阿麦穿上，一边说："军装永远都不合身，你太瘦了。"

等到快出门，玉枝才发现自己没有好好打扮自己，头发长了也没有时间去修理一下，已经好久没有添置新衣服了，就穿件白衬衫吧，干净就好，凉鞋已经很旧了，甚至裂开了口子，玉枝选了一条长一点的裤子，希望能把鞋盖住。

央视的记者把一家人请到了汕头经济特区的巨大标志前。汕头位于广东省东部沿海潮汕平原上，1980年5月，中共中央和国务院决定将深圳、珠海、汕头和厦门这四个出口特区改称为经济特区。

这一天，天气很好，海风吹动着玉枝的衣角、海珊的裙摆，一家人的脸上洋溢着笑容。

记者用镜头记录下这个动人的瞬间，这张全家福衔接着这个家庭的两个时代。

节目一经播出，麦贤得的英雄事迹和多年来的生活重新进入人们的视线，全国各地一下来了六七百封信件关心麦贤得的生活，这让麦贤得一家始料未及。李玉枝说："那时信件里很多就说，你们广东不能把他当成你们省自己的英雄，他是全国人民的儿子。说了很多很多，我看了也很感动，这种感觉就像我当年刚认识老麦时对他的那种崇拜。"正如麦贤得相信的那样，党和人民终于给了他一个公正的说法。一家人多年的委屈，在那一刻消散开去。

五味杂陈

20世纪90年代初，海军大院拆迁建新的房子，所有的住户都安置到临时的居住地，麦贤得一家和其他几户被安置在了石炮台野外搭建的茅草屋里，他们在那个缺电少水的地方过了两个春节。

南方的天气不冷，一家人倒是冷不着，但是，炎热的天气下，让人无处躲无处藏的是老鼠和蚊子。白天，那些老鼠不知道都藏到了哪里，到了傍晚吃饭的时候，老鼠们就像约好了似的成群结队地出来了，于是，屋里的人在吃饭，房顶上的老鼠在逛街。

相比之下，玉枝更恨茅草屋里的蚊子，两个孩子被咬得身上的包又红又大，海珊穿着裙子更是遭殃，两条细细的腿上新包旧包密密麻麻，像梅花鹿身上的斑点，心疼死玉枝了。那些日子，每天晚饭以后，茅草屋里必须用灭蚊香杀一次蚊子，晚上才可能入睡。香点燃之后，在屋子里放一盆水，蚊子会往盆子里扑，灭完蚊子回到屋里，脸盆里会捞出一大碗蚊子来。玉枝把在脸盆里打捞蚊子当成了和孩子们的游戏，也解一解她的心头之恨！每天拿一个小网兜把蚊子们装起来，挂在茅草屋的外面，每天一兜，挂成了一幅风景画。

就这样，当茅草屋外的蚊子网兜挂了一小面墙，汕头海警区来了一位新的主官，他很关心这位老英雄的生活情况，到了麦贤得住的茅草屋探访。

　　首长很震惊："英雄怎么住在这样的环境里？！"

　　首长留意到了墙上的网兜："这是什么？"

　　海彬很是骄傲地说："这是我们捕获的蚊子，成千上万的敌人！"

　　孩子的童真让首长百感交集："这怎么行，这怎么行，这怎么行！"他一连说了三遍。

　　玉枝很豁达："这是临时的，等大院的新房子建好了我们就能搬回去了。"

　　首长说："这要好些日子呢！"

　　于是，在部队首长的亲自部署和安排下，麦贤得一家和其他几家人搬到了周转房里，就在他们搬走后的5天，台风来了！他们及家人远远地看着狂风暴雨中的那一排茅草房，它们就像一组积木拼成的房子，被大风齐整地吹上了天，尔后重重地落在地上。

　　麦贤得也在带着后怕远观的人群中，随着那排房子重重地落到地上，他很清晰地喊了两声："噢……嘣……！"

　　那些挂在墙上的蚊子大军，就这样灰飞烟灭了。

　　以后的日子里，只要玉枝跟人说起这段经历，说到房子被吹起来这个细节，麦贤得总能在最准确的位置配上这个音效："噢……嘣……！"

精忠报国

终于搬进新的家了。

部队首长照顾麦贤得行动不方便，把他们安排在一楼，还围了一个50平方米左右的院子，麦贤得身体还很虚弱，需要补充营养，李玉枝还是用老办法，利用早晚时间，把院子的空地开辟成菜园，扎了竹篱笆，自己养鸡、养鸽、养兔子。她给全家分了工：自己下班种菜、理家务，老麦也来搭把手，海彬放学回家养鸡、养兔子，年幼的海珊负责打下手。就这样，家里变得有生气起来，在生活相对艰难的日子，老麦常常能吃上新鲜的肉、菜。

从此这个院子成了麦贤得的乐园，玉枝发现麦贤得常常蹲在地上看兔子、鸡，还有院子里那些花花草草，一蹲就是很长时间，有时甚至不知道饿。

玉枝："你喜欢这个？"

麦贤得："喜欢！"

玉枝："那你试着把它们画下来。"

麦贤得："试试……"

玉枝马上买来了纸和笔，这些纸和笔仿佛为麦贤得的内心世界打开了一扇窗，从此，书画成了阿麦与病魔作斗争的一种方式。

初学画，他握笔如锤，举止笨拙，不是把墨瓶碰翻在桌上，就是把红颜色涂到叶子上，把绿颜色涂到花瓣上，一幅画画下来出一身大汗不说，拿给人家看，谁也说不清他画的是啥东西。他自己也生气，脾气上来，笔也摔了，画也撕了。

这个世界上，恐怕只有玉枝知道麦贤得的耐心在哪里。

麦贤得的耐心在玉枝的耐心里。

因为玉枝了解他的特点——喜欢听表扬的话。

"这不是我们家最淘气那只兔子吗？太像了！特别是耳朵……"

"海珊，爸爸画的花比你画得更有精气神！"

玉枝常常夸他有进步。这一夸，阿麦就找回了自己的耐性！画笔一次次掉，又一次次拾起来。

玉枝还带着麦贤得专门拜邻居一位画家为师，学习绘画的基本功，渐渐地，麦贤得画山像山，画水像水，花鸟鱼虫也有了神采。

玉枝于是给麦贤得刻了个印章，他十分得意，俨然艺术大师一般在每幅作品上签上大名，盖上红印，悬于四壁，请人观赏。

麦贤得在家中练字

麦贤得最喜欢写的几个字是"精忠报国"。战斗的创伤抹去了他的大部分记忆，但是这四个字却被他牢牢记在心里。

1996年8月初，酒泉卫星发射中心一名军官在报纸上看到麦贤得刻苦学习书法初见成效的报道，给麦贤得写来一封信，附上一张宣纸，请老英雄书写"精忠报国"四字。麦贤得学书画终于盼来了千里求字的知音，高兴极了，立即展纸磨墨，屏息静气，先在白纸上练习，满意了再往宣纸上写。四个字足足花去大半天时间。

这种"精神调剂法"不仅大大缓解了麦贤得的病情，而且也陶冶了他的情操。久而久之，性子急躁的他，越来越变得和蔼可亲了。后来，当学者浦寅知道玉枝用这种方法帮助麦贤得逐步摆脱病痛时，他用了"伟大"两个字来形容玉枝。

自从尝到了让阿麦学书画的甜头，玉枝的思路更加宽了，所谓琴棋书画，说学逗唱，什么都可以试一试嘛，万一像画画这样功效神奇呢？玉枝决定试一下唱歌。

阿麦是爱唱歌的，玉枝有时甚至想，阿麦那么高大那么帅，又爱唱歌，当初阿麦若不是受了重伤，将来成长为文艺干事也不一定。

她研究了一下，唱歌可增加肺活量，唱歌可愉悦心情；用心唱称心的歌，可使人进入一种美好的意境和无限的联想之中，可进入一种很多人难以理解的快乐之中。

他们两人谁也不识谱，但是每天海军大院都会反复播放几首歌曲，《我是一个兵》、《学习雷锋好榜样》、《毛主席的战士最听党的话》，后来还有了《军港之夜》、《白兰鸽》、《海风啊海风》等一些新歌，玉枝就和阿麦一起跟着唱，玉枝也是爱唱歌的人，对每一首自己钟爱的歌，唱得自得其乐，被深情和精练的歌词所陶醉、所感动。

常常，邻居们能听到夫妻两人的歌声从屋子里飞出来，歌声里有快乐和健康。

岁月悠长

伴随着部队级别的晋升，麦贤得的官阶也不断地上升（1999年升至南海舰队广州海军基地副司令，大校军衔），但是他从来淡泊名利，没有架子，依然是普通士兵的本色。日子一天天地过，两个孩子也开始像妈妈一样，细细品味和观察爸爸的好，并深深被他身上的闪光点感染。

"你们的爸爸是一个把国家放在心里的人，国家的利益高于一切。"

玉枝常给孩子们讲这样一个细节，麦贤得在舰艇上是一名轮机兵，机器正常运作的状态下往往会渗出一些机油，麦贤得有一个小铁盒子，他用它把那些渗出的油一滴一滴地接起来。

受重伤在总医院被抢救的时候，他静静地躺在病床上，听到洗手间有滴水的声音，他会艰难地爬起来，拖着不灵活的身子，用他唯一能活动的手把水龙头拧紧。

有一次刮台风，走廊上有一扇窗没有关好，不时传来"嘭……嘭……"的碰撞声，麦贤得那时无法说话，也走动不了，护士一来他用尽全身的力气指着窗户的方向吐出了一个字："窗……"直到护士跑出去把窗户关好他才安静下来。

这些细节是玉枝当初在报纸上看到的，当年曾经深深地感动了她，现在也深深地感动了孩子们。

而在以后漫长的岁月里，麦贤得的许多举动潜移默化地给了他的孩子最好的教育。

麦家邻居蔡奶奶脚上长一个毒疮，久治不愈。有人给她介绍了一个偏方，说活蜘蛛当药引能治此病，可是，在高楼林立的城市，到哪里找蜘蛛呢？

这件事情让麦贤得知道了。

有一天晚上，家里开饭了，四处找不到他，他去了哪里呢？

玉枝在夜幕下找了所有他平时爱去的地方，最后发现老麦趴在茅厕旁的墙边，嘴里咬着手电筒，聚精会神在捉蜘蛛。

玉枝又生气又理解他心疼他，于是叫来海彬和海珊，一家四口一起挤在茅厕里捉蜘蛛。一连几晚，一家人带着茅厕的臭味回到家，玉枝洗干净一家人的衣服已经是深夜了。

终于抓到了7只大蜘蛛。蔡奶奶的脚疮竟然真的神奇般痊愈了。老人感激得不得了，逢人就夸阿麦是个大好人。

又一天，麦贤得又是天黑还没回家，玉枝心里急出火来：

"这次是什么状况呢？"

他毕竟是个伤残人，怕只怕在街上犯病了……玉枝越想越着急，带着兄妹俩到处找。直到晚上8点多钟，阿麦终于在街的那头出现了。只见他一头乱发，浑身疲惫，一拐一拐地走过人流。

原来，他中午在街上看见一个姓温的老工人在钉鸽笼，立即上去当帮手，削竹片，劈木片条，设计小门窗……一晃几个小时过去，到了晚饭时，温伯伯请阿麦到他家吃饭，阿麦横竖不答应，仍然一个人蹲在那里埋头苦干。他向来有个习惯，活儿不完不走人。直到把鸽子笼钉好装到房檐下，他才起身告辞。

一次，住在六楼的邻居郑姨买了一车蜂窝煤，来不及搬就下起了雨，眼看一车煤就要被雨淋坏，郑姨急得直跺脚。阿麦在阳台上看见了，急忙找了两块木板，一次托20来块煤，往楼上搬。郑姨劝他少搬一点歇一歇，阿麦以为人家小看他，干得更欢了，一口气把一车煤全搬上了六楼。他脸上、手上、衣服上全沾满了煤灰，浑身淋得精湿，回到家里，瘫坐在沙发上，累得半天缓不过劲儿，玉枝心疼得直掉泪！

郑姨一进门看到这个情景，赶忙门向玉枝解释：

"妹妹你别误会我，我是怎么也劝不住老麦。"

玉枝破涕为笑，打断郑姨的话："老麦就是这么个人，我明白的！"

在汕头，阿麦是出了名的爱管"闲事"的人。一次逛市场，有个卖甘蔗的小青年短斤少两，好几个顾客复秤后围着他要求补偿。小青年死活不认账，骂骂咧咧一脸蛮横。阿麦在一旁听明白了事情的缘由，沉下脸拉着小青年要到市场管理所，小青年急眼了，操起秤杆就照阿麦头上抢。阿麦大吼一声，一把夺过秤杆，"咔嚓"一声，秤杆断为两截。小青年连骂带吼要来"决斗"，麦贤得毫无惧色，把袖子一捋迎上前去。正在这时，管理所的同志闻声赶来，喝住了小青年："你知道他是谁？他是英雄麦贤得！"小青年一听大惊，拱手作揖，连声道歉。

还有一次，麦贤得走到闹市一个十字路口时，来往车辆互不相让，挤成一团，秩序十分混乱。麦贤得冲到车流滚滚的路中央，用身体挡住朝前挤的车辆，大声喊：

"……停下！……停下！"

他连喊带比画，指着右边的车："……过去……过去"

司机一个急刹车，气冲冲跳下来，刚要发火，认出拦路的是麦贤得，二话没说，扭头上车熄火等待，并朝后面的车辆喊："别着急，麦英雄在前面！"几分钟下来，交通井然有序。麦贤得心满意足，哼着小调走回家去。

玉枝后来给阿麦取了一个绰号："你简直就是社会的'红管家'！"

有了"红管家"的头衔，麦贤得更加劳心劳力了。

市场上有人卖金鱼，老麦发现那金鱼眼睛在翻，知道是病鱼，看到有人要买，他就会上前阻止："这不能买！"卖金鱼的因此拿着扁担一路追打麦贤得。

在路上走着走着，看到有小年轻骑着单车撞倒人后想溜，他立马扑上去抓住人家批评教育……

半个世纪的相守，麦贤得的正直和善良润物细无声地感动着玉枝，而玉枝没有仅仅停留在感动上，而是把感动化为行动，让善良和正直成为家风，以此教育一双儿女，儿女后来又把这份美德传给了各自的孩子。

孩子们慢慢长大了

拒绝广告

改革开放，广告进入了人们的生活，却未能进入麦贤得的生活。

在漫长的康复期中，在部队和地方的关怀下，麦贤得一直服用汕头市某制药厂免费赠送的"脑力宝"药丸，记忆力有所恢复，癫痫发作的次数也明显减少，厂家因此也提高了知名度。

于是，这个制药厂便找麦贤得，请他为"脑力宝"药丸做一则电视广告。原本他们认为这是件水到渠成的事情，没想到被麦贤得当即回绝了。

麦贤得表述不流畅，但玉枝很知道丈夫想表达的意思："这种药丸在我身上的疗效确实不错，但不一定在别人身上也能起到同样的效果。因为我是战斗致伤，病例特殊，目前社会上绝大多数癫痫都是由病理及生理因素导致的，所以我不能为你们做宣传。"

可是，依然有许多的企业打麦贤得的主意，想利用英雄为自己创造"名人效应"。

不久，又有一家中外合资制药厂找到麦贤得，开出了更优厚的条件，如果麦贤得能为他们的药在电视或报纸上美言几句，他们除了长年免费供药外，还可付麦贤得一笔可观的酬金，麦贤得再一次拒绝了。

在金钱和诱惑面前，麦贤得格外清醒："我的荣誉是党和人民给的，我的名字和形象关系党和国家的荣誉和形象，我个人无权随意使用。"

"如拿着党和人民给予的荣誉去换取金钱，就等于叛变和堕落。"

一家制作茶叶罐的厂家派人敲开了麦家的门：

"麦英雄，请您给我们做个广告，至于报酬，包您满意。"

原本热情礼貌的麦贤得有些不耐烦了，怎么又是一个要做广告的！

"我不做广告！"

推销员拿出软磨硬缠的一套："现在是市场经济，好多名人都做广告，人们会理解你的。"

无论他怎么劝说，麦贤得不再搭理他。

李玉枝便赔着笑脸解释道："为产品打广告是好事，但把老麦的名字和商业利益挂钩，这种事老麦是绝对不会答应的。"

玉枝的弟弟在汕尾承包了一家酒楼。开张之际，他登门请姐夫给酒楼题词，想讨个彩，扬扬名。麦贤得一连几个"不行"加以回绝。弟弟生气了：

"现在兴这个，好多领导都题字，就你架子大。"

麦贤得毫不含糊："别人我管不了，反正我不干！"

弟弟拗不过姐夫，又求玉枝："姐夫认识大官多，姐夫不写，就请他帮忙，找大领导写一个。"

玉枝深知阿麦的脾气，只好耐心地向弟弟讲"只要会经营，照样能发达"的道理。

弟弟真的很生气："姐，你忘了在你们家最困难的时候，娘家人悄悄帮了你们多少，现在就这么一件举手之劳的事情姐夫都不肯帮，太不近人情了！"

为这事，弟弟和姐姐姐夫还闹了好长时间的别扭。

玉枝最懂得麦贤得，阿麦一直对党对人民有着深厚的感情，荣誉是党和人民给的，自己身为军人和党员，拿党和人民给予的荣誉去换金钱，就等于给党和军队抹黑。

因为这份理解，玉枝默默地站在麦贤得的身后，淡然拒绝来自方方面的诱惑，承受着来自家里家外的抱怨。虽然她生活的主战场在家庭，但是玉枝时刻牢记自己是一名党员，要像毛主席说的那样做一名脱离低级趣味的高尚的共产党人，拥有一颗金子般发光的心。

"我不做广告！"一句话很简单，但是人们看到了一位以"硬骨头"著称的"钢铁战士"的风骨，也再一次看到了英雄妻子玉枝的深明大义。

儿女参军

时间如白驹过隙。

1993年，是玉枝和她的阿麦很欣慰的一个年份，这一年他们的海彬和海珊同一天穿上了海军军装。

对于一双儿女的未来，麦贤得和李玉枝一早就有共识，让两个孩子报考军校。"党和人民给我们的已经够多的了，我们有义务把孩子交给部队、献给国家。"这是夫妻俩的心里话。

孩子们离家的前一天晚上，玉枝做了一顿丰盛的饭菜为兄妹俩饯行，餐桌上罕见地准备了酒。

玉枝举起酒杯："这杯酒，阿妈代表阿爸，为你们壮行！"说罢，玉枝豪气十足地一饮而尽。这时，从不喝酒的阿麦把杯中的茶倒掉，换上满满一杯酒说：

"……阿妈……拉扯……你们，不容易！现在，你们……要……去……大海，我……三句话：第一，尊重领导……团结同志；第二，努力学习……全面发展；第三，心里……记住，党——祖国！为人民服务！……"麦贤得显得有些激动，他把酒一口饮尽。这是孩子们记忆中爸爸对他们说的最长、最连贯、最深刻、最精彩的一番话。

海彬、海珊的名字都带个"海"字，这是麦贤得夫妻俩的愿望，希望孩子们日后能到大风大浪中锻炼，心胸像大海一样广阔。两个孩子从小得到的教育是：强者都是雨中含泪奔跑的人，你可以哭，可以让眼泪和雨水交织在一起，但是你不能退缩，更不能放弃。

"出门在外不能靠父亲的光环，要靠自己努力，报答党和国家；要老老实实做人，不要占小便宜，不要怕吃亏。"玉枝觉得有千言万语。

两个孩子同时要离开家，尽管玉枝明白这对孩子来说是奔前程的好的开端，但是她还是万般地不舍得。20年来，她身兼母亲和父亲两个角色，大量的时间和精力用在了照顾麦贤得身上，对两个孩子她常常感到力不从心，亏欠有多少，难舍难分就有多少。多少年之后，海珊都会记得离别的时候妈妈的动作和深情。

曾经，兄妹俩都有一种强烈的要"逃离"这个家的欲望，真的到了这个离别的时刻，两个孩子同样是百感交集，万般难舍。海珊好想抱着妈妈对她说："妈妈，您辛苦了，我和哥哥走了，您会更加辛苦……"

这两个英雄的儿女，在经历了别人难以想象的人生风雨之后，离开了家，离开牵挂他们的父母，带着父母的嘱托，开启了属于自己的精彩人生。

儿子麦海彬，军旅从海军后勤学院起步，女儿麦海珊，进入南京海军医学高等专科学校学习。

麦海彬在海军后勤学院读书，每月27元的生活费，除了买牙刷牙膏等日用品，其余的不敢乱花，把钱积攒起来寄回家给妈妈，因为他知道爸爸恢复身体是一生的事情，营养必须跟上，而家里从来就没有多余的钱。

妈妈常常说："天道酬勤，努力的人，运气永远不会太差。"妈妈说："上天啊，终究会奖励那些勤勉的人。"

在军营中，麦海彬吃苦耐劳，养猪、种菜，样样在行！军事训练他总是一丝不苟，训练结束后，他常常会留下为自己"加训"，没有人知道他是战斗英雄麦贤得的儿子，海彬不希望自己身上带着"英雄的儿子"的标签。

海彬在海军后勤学院入了党，并以优异成绩毕业。毕业后他主动要求到最艰苦的舰艇去。

后来，麦海彬进入驻港部队。巧的是，驻港部队的前身正是爸爸麦贤得参加"八·六海战"的部队，新兵集训的时候，麦海彬在荣史馆里看到了爸爸当年的血衣和望远镜，那一刻，他泪流满面，真真切切地感受到了英雄的血液在自己的身体里沸腾，英雄的激情在他的心里燃烧，他立志要像自己的父亲一样，把每一件事做到极致，付出比别人多几倍的汗水，做一个无愧于军队、无愧于时代的人。

子承父业

英雄的热血和精神就这样得以传承。1996年9月9日，强台风在湛江沿海登陆，卷起惊涛骇浪。麦海彬所在的战舰钢锚链挣断了，情势万分危急！

"要赶紧向舰长报告情况！"

被一阵强风刮倒的麦海彬心里只有这个念头。他奋力爬起来，往前冲，用尽全身的力量推开水密门。

这个场景，和当年的"八·六海战"何其相似！

……

海面上炮声大作，船舱中欢呼声四起，就在此时，意外发生了！麦贤得原本死死盯着前方敌人炮火的位置，突然，他感觉自己所在的611护卫艇不动了。

炮弹击中了611艇的艇底部分，动力舱开始淹水，部分管道已经损坏，此时，如果不尽快排水堵漏，修补已经损坏的管道，发动机就会被海水浸泡而停止转动。

在这千钧一发之际，轮机兵麦贤得大喊着，奔跑到后左主机的位置，他知道，必须马上启动机器！

突然，机舱发出两声巨响，611号舰开始不断摇晃。敌人的两颗炮弹打进机舱，一发落在了前机舱，另一发落在了后机舱。

两声巨响过后，麦贤得顿时觉得头部一阵剧痛，眼前渐渐变得越来越模糊，他顿时感到天旋地转，渐渐失去知觉，全身无力地倒了下去。

一块高速飞溅的高温弹片，打进他的右前额，穿过大脑，一直插到他左侧靠近太阳穴的额叶里！

但是，就在这紧张时刻，奇迹发生了。敌人的又一发炮弹打来，麦贤得被巨大的声响惊醒，他居然站了起来！

此时，麦贤得下意识地睁开双眼，想要看清楚轮机舱内的情况，可是任凭他怎么努力，眼睛始终都睁不开，鲜血已经粘住了他的眼角和睫毛！

麦贤得一步一步摸索着走向前机舱，跌倒了就爬，过舱洞就钻。就这样，他在黑暗中坚强地来到了前机舱。

他一颗一颗螺丝、一个一个阀门、一条一条管道，依次挨个手触检查。最后，他在几十条管路、数不清的螺丝里，检查出一颗拇指大小、被震松的油阀螺丝。麦贤得用扳手将螺丝拧紧，并用身子顶住移位的波箱、用双手狠狠压住杠杆，使推进器复原。终于，机器正常运转起来，611护卫艇恢复了动力。

......

此刻，在风浪中摔倒的麦海彬，终于明白了是什么样的力量让父亲成了

"钢铁战士"！他浑身就像打了鸡血一样，又一次在风浪中站了起来！

消息终于传出去了，海上的战舰避过了狂风中猛冲过来的舰船，冲出危险区域，麦海彬和7名战友却再也没有力气爬回舰舱。为了不被风吹到大海里去，几个年轻的海军战士在甲板上紧抱成团，直到风浪停歇。

这件事情过去之后，很偶然的机会，战友们才知道海彬是"八·六海战"战斗英雄"钢铁战士"麦贤得的儿子，战友们感慨地说："我们原来离英雄如此地近！"

由于在抗击台风中表现英勇，麦海彬被授予个人三等功。

而这还不是麦海彬唯一的立功表现。

有一回，海彬和他的战友们勇敢、出色地完成了一个灭火的任务，部队要给他记三等功，他却把机会让给了一位即将要转业的战友，别人都说他傻，他心里却是坦然：

"他比我更加需要这份荣誉！"

这件事情玉枝听说之后非常欣慰，她把这件事情告诉了阿麦，阿麦一边喝茶，一边点头。

后来，海彬在部队上成了家，儿媳妇也在海军服役。2005年，麦海彬转业到广东省质量技术监督局。2016年，麦贤得的儿媳在正团满4年后转业。

从部队转业后，麦海彬进入广东省质量技术监督局工作。负责执法工作的他，查处了不少大案要案，并多次被评为优秀共产党员。

在一次采访中，麦海彬告诉记者："办案过程中，经常会面对一些阻力及诱惑。但家有家规、国有国法，我常告诫自己不能犯糊涂，否则不仅会毁了父亲的一世英名，更会败坏党的形象。"

和哥哥一样，麦海珊从小就渴望穿上"帅气的军装"。从南京海军医学高等专科学校毕业后，海珊到海军医院工作。2010年，女儿才3岁，海珊接到了安保任务，必须全程在亚运村工作，而身为警察的丈夫也同样有任务在身。海珊有些犹豫，给李玉枝打电话。电话那头，妈妈劝海珊："部队的任务重要，小孩儿有我们帮你照顾好，你放心去吧。"

第二年，海珊又被派往深圳坪山执行大运会安保任务，由于表现突出荣获个人三等功，麦家又多了一枚军功章。

麦海珊永远记得父亲有两条铁律：谁在外面打他的旗号办不该办的事，不让进家门；谁在外面玩歪的搞邪的，不让进家门。这就是英雄的家风——信仰不许丢、正气不许丢。

对于一双儿女的优异表现，玉枝很是骄傲，乐在心里，她再三嘱咐子女要不怕吃苦，要懂得感恩：

"是党和人民给了父亲第二次生命，没有党就没有父亲，也就没有我们这个家，有国才有家。"

要是换一个家庭，你也许或觉得这一番话太大，太不接地气，但是在这个家庭里，这番话背后的含义每个人都有最真实的体验，都有发自内心的感慨。玉枝告诫子女要跟上时代步伐，用现代科学文化知识武装自己，适应时代需要。

曾经，一家人中有4人身着海军军装，如今，这份荣耀已经定格在了当年的全家福中了，这又是一张玉枝爱不释手的全家福。

身着戎装的海彬、海珊

遇见倪萍

　　海彬和海珊离开家上军校的几年，也是麦贤得重回公众视线的几年，越来越多的节目尤其是主题活动都想到了麦贤得，伴随着各种采访的深入，玉枝的形象在公众的认知中越来越鲜明，越来越受人敬重。

　　倪萍是玉枝和麦贤得喜欢的一位演员。年轻的时候，玉枝喜欢扮演李双双的张瑞芳，张瑞芳的角色甚至深深地影响了玉枝的世界观、人生观和价值观。玉枝后来看过倪萍主演的电影《山菊花》，深深地被感动，她觉得倪萍和张瑞芳是同一类型的演员，他们都很质朴、善良和坚韧，这都是玉枝对自己的要求。玉枝喜欢倪萍扮演的角色，也喜欢倪萍主持的综艺节目，《综艺大观》是她和阿麦每周必看的栏目，还有倪萍主持的春节联欢晚会和大大小小的文艺演出。玉枝没有想到有一天会遇见倪萍，也没想到中间充满了波折，更没有想到自己给了倪萍深深的感动。

　　1995年底，麦贤得夫妇应《综艺大观》节目的邀请，参加"国际残疾人日"特别节目。倪萍从小在课本上学习过麦贤得的事迹，如今能近距离地接触麦贤得，这让她心里悄悄升起一份骄傲，她暗自对自己说，要把这次访谈做好。

　　倪萍对现场直播中的采访没有把握，于是她要求和导演来到麦贤得夫妇下榻的招待所，看望麦贤得夫妇并商量晚会采访问题。

在招待所，麦贤得一见倪萍，非常高兴，仿佛看到倪萍神奇地从他非常喜欢看的节目《综艺大观》里走出来。麦贤得越是高兴和激动，就越无法用清晰的语言表达自己，这一点倪萍事先并没有预料到。

玉枝把倪萍拉到一边，悄悄地把实情告诉倪萍，麦贤得由于脑部损伤，有一些思想他难以用语言表达，常常词不达意。倪萍表示理解，她随即和导演商量，将采访麦贤得本人改为请李玉枝作介绍。但倪萍想全国人民都想了解老英雄，听一听他的声音，能不能试着让麦贤得也讲几句话。

一听说要讲话，麦贤得既兴奋又担心表达不好，他像平时经常为战士们上传统课一样讲开了：

"感谢党，感谢人民，向雷锋、安业民学习，做一颗小小的螺丝钉，为党服务、为人民服务……"

"向雷锋学习，做一颗小小的螺丝钉。为什么是小小的螺丝钉呢？就是全心全意，为党，为祖国，为人民，把自己的生命献给祖国……"

倪萍一方面被他慷慨激昂所打动，认真地听着，另一方面也担心直播的时候不好把控，就耐心地开导他说：

"电视直播的时间是以分秒计算的，我想前面的话可以不要讲了，做完节目，再请你仔细讲给我们听好吗？"

麦贤得一听就情绪激动起来，他理解不了什么叫直播，什么叫时间的控制，他对倪萍说："为什么不能讲，我就是要感谢党和人民，你这是为什么，我讲的是对还是错，我为公还是为私？"

倪萍和玉枝交换了一下眼神，开始坐下来耐心地平复麦贤得的心情。

倪萍的问话语调亲切，像是在和老英雄谈心：

"这么多年是谁在照顾你？"

麦贤得指指李玉枝："她。"

倪萍进一步："她是谁？"

麦贤得看着玉枝，他好像从来就没有思考过这个问题，这个时候，他的目光是柔和的，思绪好像飞得很远，眼前的玉枝是什么时候出现在自己的世界里的呢，这些年她已经成了自己生活的一部分。

麦贤得回答："她是……我的家属……李玉枝！"

这一段对话的突然到来，让玉枝有些意外，她再也控制不住自己的感情，泪水夺眶而出！

倪萍动容地抱了抱这个饱经沧桑的女人，这个含辛茹苦的妻子和母亲。

她对倪萍说："几十年爱的付出，总是不知道他明不明白，他是个很传统的人，平时出门拖下手，都会把我甩掉。今天听他这样说，这些年的辛苦，值了！"

麦贤得慢慢平静了情绪，认真地按导演和倪萍的采访进行了回答。12月2日，现场直播时，全国观众听到了这位海战英雄简短而清晰的话语。

"感谢党，感谢人民，感谢我的家属！"

倪萍采访麦贤得

后来倪萍对许多人说起了这次印象深刻的采访。她说麦贤得是她从小学课本上就知道的名字，也非常熟悉他的事迹，是她仰慕至今的英雄。然而现实却是残酷的。采访中她所见到的英雄是个思维多年处于混乱状态的"残疾人"。在他对着话筒"词不达意"的时候，他的妻子，那位当年24岁嫁

给英雄，几十年陪伴至今的女人，深情地牵着他的手，小声叫着"老麦，老麦……"提醒着丈夫，维护着丈夫的尊严。

倪萍被彻底感动了。

当她在节目中介绍英雄时，很自然地很郑重地介绍了李玉枝，她说"这是个不平凡的女性"。同样是女人，倪萍知道这"不平凡"三个字对她意味着什么，那一刻她忍不住转过身去，背对摄像机，因为泪水已无法控制地流了下来。

敬礼海军

　　从1964年入伍，麦贤得就没有离开过海军，身体基本康复后，他先任海军某部副处长，后任驻汕头某部副司令员，广州海军基地副司令员，并被授予大校军衔。2007年麦贤得从广州海军基地副司令员的职位退休，但在他的心里，他这一辈子都是一名海军战士！

　　也许是冥冥中的安排，就在他退休的这一年，传承着当年"八·六海战"中"海上先锋艇"英名的汕头水警区海上先锋艇674号"平南"艇也光荣退役了，麦贤得和他当年一同浴血奋战的两位战友——一级战斗英雄黄汝省、彭德才受邀参加了"平南"艇的退役典礼。

麦贤得在"平南"艇上

6月20日早上8：30，阳光特别好，被洗刷得纤尘不染的汕头市水警5大队"平南"艇后甲板上，水警大队首长以及5大队"平南"艇全体官兵列队迎接首长和他们期待已久的"钢铁战士"麦贤得，战斗英雄黄汝省、彭德才登艇，这艘英雄的舰艇上，每一个角落仿佛都讲述着40年前的光荣：

麦贤得和他的战友们的名字已经深深地刻在了中国人民解放军海军海战史上，那就是辉煌的战例——"八·六海战"。在年轻的海军战士们心里，那是一段他们触摸不到的历史：1965年8月6日，我海军只依靠小型炮艇和鱼雷快艇，在一天之内一举击沉国民党军队"章江"、"剑门"两艘大型猎潜舰，毙敌170人，俘虏33人。"八·六海战"也成为改变当时海峡两岸海军力量对比的标志之战。

当麦贤得、黄汝省、彭德才这些军队史上的英雄登上战舰的时候，海军战士们真切地感受到，历史没有走远，英雄就在身边！

英雄们，此刻，请接受新一代海军的庄严敬礼！

和年轻的士兵兄弟们一起高唱国歌，看着五星红旗冉冉升起，麦贤得觉得这不是他和海军的告别，而是他和海军的久别重逢，一种深刻的情感在他的心中激荡，令他热泪盈眶。

著名的海军歌唱家吕继宏参加了这个仪式，他代表全体海军官兵向麦贤得、黄汝省、彭德才敬礼！

吕继宏此刻的心情也特别激动，作为海军的军旅歌手，他也深深地爱着海军，为了把歌声送到官兵心里，驱除战士的寂寞，吕继宏年年上舰艇、下海岛进行慰问演出。他两次赴南沙，四次登西沙，他曾收到过水兵们从海里拾回的作为礼物的贝壳，这些"贝壳们"激励着他——要做一个永远的"大海放歌人"。

麦贤得曾经在电视上看过吕继宏举办的一场"中国心·大海情"音乐会，深深诠释了他与大海的不解之缘，引起了英雄的强烈共鸣。《我爱这蓝色的海洋》、《西沙，我可爱的家乡》、《水兵之歌》、《军港之夜》……

还有那首让人血脉偾张的《中国海军》，麦贤得记住了这个"大海放歌人"。

让麦贤得没有想到的是，吕继宏和自己有着一段特别深的渊源：海政歌舞团曾经着手创作一部反映麦贤得事迹的歌剧叫《叶绿花红》，在这部原创歌剧中，吕继宏恰是麦贤得的扮演者，扮演玉枝的则是著名歌唱家宋祖英，为此，吕继宏阅读了大量与麦贤得相关的史料和报道，早已被主人公的光荣事迹和英雄气概深深打动。

在"平南"艇退役这一具有历史意义的时刻，吕继宏的军礼中饱含敬意和深情，他把与英雄的这次会面视为"自己人生及事业征途中一个新的起点"。

吕继宏向三位老英雄赠予"祖国不会忘记"荣誉证章及证书，在战士们的热情邀请下，他与官兵一道唱起了《此时此刻》、《人民海军向前进》、《我爱这蓝色的海洋》、《祖国不会忘记》等脍炙人口的歌曲，这一首又一首的英雄赞歌唱得现场的每一个人热血沸腾，歌声中军旗高高飘扬，麦贤得与所有"八·六海战"英雄们用热血铸就的勇于战斗、不怕牺牲的军魂更是代代相传。

麦贤得和歌唱家吕继宏在一起

相信爱情

如今的麦贤得、李玉枝已是完全融为一体的两个人，谁也离不开谁。

每逢春节，玉枝一定会带着麦贤得回到他的老家饶平，仿佛没有这一趟，不仅这个春节不像样，这一年好像都少了点什么。时间来到2012年春节，李玉枝和麦贤得又一次回到饶平洪洲老家过节。

正月初一，阿麦睡了一个懒觉起来，他爱睡懒觉，在家睡的懒觉格外香，外面的鞭炮噼里啪啦的很有过年的气氛，玉枝给阿麦削了一个苹果吃。

"吃了这个苹果，咱们今年平平安安的！"

阿麦乖乖地接过来，吃了半个苹果后，他显得有些沉闷，不怎么说话。阿麦回到家一向话会多起来，问完老的问小的，问完家里的问村子里的，今天怎么有点打蔫呢？李玉枝觉得不对劲，赶紧找医生一检查，这一查，出大事了！

医生发现麦贤得心率非常快，需要紧急抢救。

抢救？！

玉枝的脑袋像炸了雷一样！

饶平离广州开车最快也要四五个小时，又恰逢过年，路上堵车怎么办？她想都不敢想。

　　玉枝极力让自己冷静下来，在大家的帮助下把麦贤得扶上了汽车，司机一路狂奔。

　　一路上，几个小时，玉枝的手一直握着阿麦的手，她不说话，怕他费神，但是她一定要让他知道："别担心，玉枝在你的身边！"

　　经过一番折腾，麦贤得最终住进了广州军区陆军总医院ICU病房，等玉枝再见到她的阿麦的时候，麦贤得已是满身插管。

　　他得了急性胰腺炎，玉枝一连收到几张病危通知书。

　　手里攥着这些病危通知书，李玉枝甚至以为阿麦的生命即将走到尽头！玉枝坚强地签字，但是每次回想起签完字后自己的状况，玉枝总是说：

　　"手脚发软、头皮发麻！"

　　医院组织了一个小组抢救麦贤得，看着医务人员进进出出忙碌的身影，恍惚间，玉枝觉得自己补上了一课，她真切感受到了当年麦贤得是如何被紧急空运到总医院，周恩来总理亲自担任抢救组的组长，医生们是如何先后对麦贤得进行了4次大手术和无数次小手术，护士们是如何没日没夜地照顾他、陪伴他，他是如何唱着《大海航行靠舵手》醒来，整个医院是如何的欣喜万分，人们奔走相告……

　　这些都是玉枝从当时的新闻上看来的，她曾经很遗憾自己没有见证麦贤得如何挣脱死神的魔爪获得新生，这次她是真的感受到了。

　　纵使身体虚弱至极，麦贤得依旧保持军人直挺挺的侧姿睡，把1.2米宽的病床当成他战斗过的611艇上那0.5米宽的战斗铺，让偌大的床空出一大截来。"不管多难受，他都一声不吭，把给他会诊的专家感动得……"

　　这些年，阿麦每年都会来总医院检查身体，玉枝已经很熟悉这里了，她坚信这里是阿麦的重生地，也是福地。

　　她安慰赶来的孩子们说："他这一生，陆军总医院里有他许多救命恩人。'八·六海战'负伤后的手术抢救，当时可是院长、政委和主任们亲自抬着担架把老麦抬上了手术台。"

不知道过了多久，麦贤得的主治医生走到玉枝的跟前，告诉她那个她日夜守候的好消息：

"首长脱离生命危险了。"

李玉枝眼前一黑，晕倒了。

这回，轮到玉枝接受抢救。

玉枝的身体也出了大问题！

玉枝被查出是心血管重度狭窄，由于过度紧张和疲劳导致病情加重，如果不及时手术便会有生命危险！

这边，玉枝在孩子们目送下进了手术室，那边，麦贤得醒了。

"玉枝……玉枝去了哪里？"

大家怕麦贤得担心，都不敢说实话，心想着能赖多久就赖多久。

"她回家拿东西了。"

"她给孙子孙女买过年的礼物去了。"

……

起初麦贤得还很有耐心地等玉枝，等着等着情绪越来越焦虑，左等不见人，右等不见人，这是这几十年从来没有的事情，麦贤得心里着急，又说不清楚，于是开始发脾气，不吃药，不配合治疗！

这下可把勤务兵和孩子们急坏了，麦贤得刚刚从ICU病房里出来，别再急出病来，怎么办？

亲人和医院商量，在万般无奈的情况下，把麦贤得的情况告诉了刚刚做完手术的李玉枝，李玉枝一听，差点就从病床上蹦起来：

"我要去看他！"

孩子们赶紧拦着，医生不让你动啊！

玉枝在心里说："躲过医生，悄悄去，一定要去！"

躲开了孩子们和医生护士的视线，玉枝一步一挪，一步一挪……终于出现在麦贤得的面前。

两人一见面，不说话，四只手就交织在了一起。麦贤得病房的人都感动得掉下眼泪。

麦贤得看见妻子身穿病号服："你也……生病？"

玉枝一脸的温柔："我没事，我听医生的话，你要听我的话，你不听话吃药可不行！"两个人就这么待着，好像久别重逢的夫妻，不言语，但彼此特别依恋。

不一会儿，玉枝的主治医生找过来了："你是真不要命了，你这种情况不能下床！"

玉枝被医生带走了，麦贤得终于不再发脾气不吃药，他乖乖地配合医生治疗。

那天下午，麦贤得一个人悄悄地离开了他的病区，因腿脚不灵便，他缓慢地在大大的医院里穿梭，在人来人往中耐心地找玉枝的病房。

麦贤得与李玉枝的爱情历久弥新

平时从来就不需要他自己在医院行动，突然要独自去找玉枝，那是多不容易的事情，最后，麦贤得足足花了40分钟的时间，终于见到了躺在病床上的妻子。

玉枝看到阿麦满脸是汗，满脸是兴奋。

从下午到晚上，任凭医护人员怎么劝，麦贤得就是不肯走，就这么守着，守着。

回忆起那一刻，李玉枝说："倍感知足。"

曾经有记者问过玉枝一个很深刻的问题：你和麦贤得之间有爱情吗？玉枝的回答就像当初关于她和麦贤得的婚事她给出的那个"行"字。

"我相信爱情。"

玉枝在微信上看到过电影导演张一白的演讲，她感同身受：

今天，当我们谈论爱情的时候，我们谈论的是什么呢？谈论的是这个世界上如果有什么力量能一夜之间改变一个人的话，那就是爱情的力量；

当我们谈论爱情时，我们谈论的是，无论是年少轻狂，还是岁月沧桑，相信爱情，就会让你拥有一段美好的人生；

当我们谈论爱情时，我们谈论的是，要抓住的那些证明爱情曾经来过的决定性瞬间，要记住在每个岁月的片段里，曾经勇敢地、坦率地追求过爱情的……

寻找碎片

这次两个人大病一场，让玉枝有了一个急切的想法，或者说唤醒了多年来她心里的一个想法。早些年，要照顾阿麦，要拉扯孩子，要上班，每天早早起，夜里晚晚睡，好像有做不完的事情，玉枝根本没有时间去和贤得的战友联系，这些年，孩子们相继成家立业，麦贤得的身体也越来越好，李玉枝开始有时间和精力去收集和还原一切与麦贤得相关的记忆。在李玉枝看来，麦贤得从在战斗中身负重伤到养伤，到成为战斗英雄，到漫长的恢复，直到今天，有许许多多的人关心过他，帮助过他，给了他很多爱，关于这些，麦贤得或者知道或者不知道，她得去谢谢这些好心的人，把这些麦贤得没有办法保存的美好保存起来。

当年，麦贤得的事迹在全国宣传报道之后，他迅速成为年轻人的偶像，20世纪60年代，成千上万的红卫兵涌到总医院要见见英雄，能实现愿望的当然是少之又少，许多红卫兵见英雄无望，听说英雄常常在院子里散步，于是他们走的时候，会悄悄带走院子里的一片树叶或是一把沙，一时间，总医院的树叶和沙子都少了许多。李玉枝好想知道那些树叶和沙子都去了哪里，这么美好的时代情怀，自己有责任去还原它，自己活一辈子，还要把麦贤得的一辈子活出来才算完成任务。

于是，玉枝带着麦贤得积极地、更多地和老战友们、朋友们走动起来。

还记得麦贤得的老班长吗，"八·六海战"的一等功臣黄汝省，那一战，他和麦贤得以及战友们浴血奋战，他自己身上有70处弹片伤。他如今也生活在汕头，往往是玉枝一招呼，大家就出去喝个茶、吃个饭、聊他个一天半天的。老班长平时得到什么好吃的，第一个会想起麦贤得，再热的天，他也搭着公交车给麦贤得和玉枝送过去。

虽然年逾古稀，黄汝省依然身板硬朗，声音洪亮，当年一战伤了眼睛，如今出门不得不戴着墨镜，这样一来，这位大叔就更帅，更有型了。

每次老班长都会讲他们是如何一起负伤，一起被专机运送到广州，一起在总医院治疗，他如何遇见敌军的伤兵，如何用目光向他炫耀胜利……每次玉枝都像第一次听那样的津津有味，她喜欢听，喜欢把那些散落在别处的记忆的碎片一点一点地捡起来，拼起来，保存起来，这是玉枝的财富！

每一次，黄汝省总说："听说组织上给麦贤得相中了一个姑娘，我们这些麦贤得的战友们比他还要高兴。都夸麦贤得有福气，多漂亮的姑娘啊！"

每当这个时候，麦贤得总是喜滋滋地打趣："一般般，一般般！"

老班长："你是身在福中不知福，当初我们几个还帮你写过情书！"

麦贤得嘿嘿乐，憨极了。

玉枝想起当年被那些情书羞得没处躲藏的情景，也开心地乐了。

战友中常常联系的还有彭德才，他们当初是战友，同时立功，如今是麦贤得和玉枝在广州的住处的邻居。彭德才对玉枝大姐由衷敬佩，他常说："我和老麦同上战场，战斗一天一夜就结束了。可在人生的战场上，李玉枝一扛就是几十年，实在了不起。"

作为麦贤得的邻居，彭德才深知玉枝照顾老麦四十余年，撑起一个家真不容易。然而说起艰难岁月，李玉枝总是轻描淡写跳过；或者专心听着，就像听别人的故事。

"嫂子胸怀特别宽广，特别包容，特别坚韧，艰苦磨难在她眼里如同闲庭信步。"

彭德才常说，我这个老嫂子，真是女性的模范，可亲可爱可学，她将潮汕女人的所有美德集于一身，而这些美德，正是这个时代需要的精神气质。

当然，战友聊天，怎么少得了聊当年那场海战呢?

当年，彭德才是1964年12月入伍的新兵，刚补充到汕头即赶上了这次战斗。他们一定会聊到彭德才如何在战斗中两次负伤，被授予一等功；聊到在前面堵击"章江"号的601艇，中弹4发。艇长吴广维英勇牺牲。王瑞昌立即接替指挥，继续战斗……

麦贤得与老战友彭德才

"八·六海战"结束后，彭德才在海军421医院治疗，伤愈后，部队首长征求彭德才的意见，他提出了学医。彭德才1946年10月出生于湖北省鄂州市梁子湖一个农民的家庭，父辈含辛茹苦供他读完初中，送他参加了中国人民解放军。农民家庭的传承，培养了他潜意识里救死扶伤的医生情结。因此，他在经历了生死考验后，义无反顾地选择了白衣战士的使命。

彭德才后来进入海军医校，即现在的海军医学院学习。学成归来，他选择了在战斗过的部队基层从事医疗工作，常年奔走在边防海岛、渔村送医送

药，为官兵服务。

聊不完的"八·六海战"，那是麦贤得、黄汝省、彭德才还有每一位当年参战的军人一生的宝贵精神财富。

在关于麦贤得的记忆的寻找过程中，玉枝还看到了一篇详尽的报道，这篇报道还原了麦贤得是如何成为时代的记忆的。

"八·六海战"打响后，新闻记者会聚东南沿海战场，每天都在全国各大新闻媒体播发大量的捷报和战斗经过。海战结束后，当时南海舰队新闻干事周式源和青年工作干事黎顺洪，奉命抓一个参加过战斗的共青团员典型。

于是，他们来到了硝烟刚刚散去的前线，和汕头水警区新闻干事谭正均一起，查看各种战斗简报、总结材料以及各类电报，寻找新闻线索。突然，周式源眼睛一亮，在一份电报上发现了一个新闻人物——麦贤得。

原来，1965年8月17日，在北京庄严的人民大会堂里，毛泽东主席等党和国家领导人接见了参加"八·六海战"的有功人员。周恩来总理当时关切地问："这次不是有一个轮机兵，头部负了重伤，还一直坚持战斗3个小时，现在怎么样？"被接见的海军某部负责人孔照年回答："是的，他叫麦贤得，现在还昏迷不醒。""要派医生去赶快抢救！并向麦贤得同志传达党中央、毛主席对他的问候。"周总理特别嘱咐后，电波满载着党和国家领导人的深情关怀，传到了前线。

麦贤得所在部队立即成立工作组，专门研究抢救措施，当地人民医院临时组成战地外伤病房，全力投入抢救工作，但由于医疗设备和技术条件有限，周总理听取了有关方面汇报后，亲自安排飞机，将麦贤得等4名重伤员转入广州部队总医院和海军421医院，为此开辟了广州至汕头的第一条空中航线。

一位脑部负重伤后，仍坚持战斗3个小时，创造了人间奇迹的轮机兵，一位被共和国领袖时时刻刻关注的战士，这不是一个重大的典型线索吗？周式源敏感地意识到，麦贤得将成为青年心中的楷模，一颗灿烂的水兵之星。

于是他们就住在"海上英雄艇"上开始了一次没有主人公参与的特别采访，艇指挥员详细地介绍了战斗经过，与麦贤得同一机舱的轻伤员们介绍了麦贤得在战斗中的感人细节，特别是他脑部负伤后，额上的鲜血粘住了眼角和睫毛，阻碍了视线的情况下，仍顽强地坚守岗位。在剧烈摇摆的机舱里，他凭着平时练就的一手"夜老虎"硬功夫，穿来绕去摸索着检查一根根管路，一个个阀门，一颗颗螺丝钉。时刻保证机器正常运转，直到战斗胜利。于是，周式源根据当时的形势，确定了通讯的主题：毛泽东思想武装起来的战士最能创造奇迹！

薄发的奇迹往往来自平时的厚积。因为麦贤得是入伍才两年的新兵，为了增强新闻报道的说服力和感染力。他们又马不停蹄地来到麦贤得的家乡，采访他入伍前的精神风貌和成长过程，从他上过学的校园，到他生活过的渔村；从他的父母、老师，到昔日的小伙伴、一道下过海的渔民，共采访100多人次，记满了两大本的采访本。后来3个人夜以继日，分头撰稿，事迹材料和新闻通讯一齐上。完稿后，立即交水警区党委审阅，然后又发动"海上英雄艇"的全体官兵逐句逐段审稿，根据广大官兵的意见定稿为《钢铁战士麦贤得》。

周式源把10000多字的长篇通讯《钢铁战士麦贤得》，分别寄给《人民日报》、《解放军报》、《人民海军》报；青年工作干事黎顺洪把事迹材料直寄海军政治部。汕头水警区党委向上级递交了关于授予麦贤得同志"战斗英雄"称号的报告。

《人民日报》编辑部收到稿件后，被麦贤得的事迹所感动，也为通讯优美流畅、充满激情的文字所吸引，当即编发。因自发来稿，为慎重起见，刊发前通知海军政治部宣传部。此时，海军政治部也为上报上来的事迹材料所感动，于12月28日迅速作出决定，授予麦贤得"模范共青团员"的称号。宣传部再次组织中央各新闻单位的记者到汕头、广州深入采访、核实。3天后，经反复核实，稿件所写事迹全部确凿无误。当时，新华社有一记者对通讯中"战斗胜利结束了，一道金色的阳光从窗口射进来，投到麦贤得刚毅的脸上……"表示怀疑，但艇上的战士陈文乙说，当时艇返航转向，阳光确实照在麦贤得的脸上。细节也完全真实，于是电告《人民日报》。《人民日报》考虑到新华社又派记者前去采访，便于1966年1月11日只摘要发表通讯《麦贤得》，同日《解放军报》头版头条刊登了海军党委号召所属部队向麦贤得学习的决定。7天后，《人民日报》、《解放军报》、《中国青年报》等首都主要报纸，均在头版头条刊登长篇通讯《毛泽东思想武装的钢铁战士——记"海上英雄艇"轮机兵麦贤得》，并全都配发了社论，全国各省、区、市的党报也刊登了新华社的通稿。中央人民广播电台连续3天在《新闻和报纸摘要》中播出。

顿时，麦贤得像一颗璀璨的明星，闪耀在神州大地。于是各新闻单位继续加大宣传力度，新闻电影制片厂拍摄了新闻简报，在全国各地陆续放映；《解放军报》开辟专栏，进行了跟踪报道，先后发表了《党给了他新的战斗生命——记抢救钢铁战士麦贤得的经过》、《为了重返前线——麦贤得在医院里》、《毛泽东思想哺育的新苗——参军前的麦贤得》、《麦贤得战友赞麦贤得》、《革命硬骨头精神是千锤百炼出来的——钢铁战士麦贤得的故事》、《革命的硬骨头精神哪里来？——论战斗英雄麦贤得的成长》等长篇通讯，同时，先后发表了《做无产阶级的硬骨头》、《随时准备消灭来犯的敌人——再论学习麦贤得》、《当一辈子共产主义的义务兵》等学习麦贤得的社论，而且这些长篇通讯和社论，多数被全国各大报转载，在中央人民广播电台播出，引起了极大的反响。中国人民解放军总政治部于2月3日发出通知，号召全军广大指战员学习麦贤得；2月4日，全国总工会发出通知，号召全国职工认真学习麦贤得硬骨头精神；同日，共青团中央发出关于授予海军战士麦贤得"模范共青团员"奖状的决定，并号召全体共青团员向麦贤得同志学习；2月23日，国防部授予麦贤得"战斗英雄"光荣称号。毛泽东主席、周恩来总理及朱德、董必武、贺龙、叶剑英、徐向前等党和国家领导人先后多次亲切接见了这位英雄的水兵。顿时，在全国各地、各条战线掀起了学习麦贤得的热潮，"钢铁战士"麦贤得成了全国军民心中的楷模。短短一个月内，在广州部队总医院治疗的麦贤得，共收到全国各地的来信3455封。其中有"雷锋班"、"红色前哨连"、"欧阳海班"、"董存瑞班"、黄继光的妈妈及著名艺术家李劫夫等单位和个人的来信，字里行间，洋溢着崇敬和关怀之情。

为了使麦贤得的英雄事迹深入人心、代代相传，海军党委组织了画家、作家以及文艺创作工作者，积极搞好对麦贤得英雄事迹的立体宣传，创作了连环画、宣传画、故事、快板、歌曲、报告文学以及话剧等作品，在《解放军报》、《解放军文艺》、《人民日报》、《人民文学》、《解放军画报》上广为宣传，中国青年出版社出版了《革命硬骨头麦贤得》小册子，初版印刷达60万册，话剧《夜海激战中的英雄》，还在全国许多省、区、市巡回演出，故事《钢铁战士麦贤得》被编入小学课本，一幅塑造麦贤得头缠绷带、身穿海魂衫坚持战斗的宣传画在亿万人民心中打下了深深的烙印。《解放军歌曲》出版专号，从中选出的《歌唱英雄麦贤得》，在中央台《每周一歌》栏目中播唱，许多人至今都能熟练演唱……麦贤得不仅成了举世闻名的英雄，而且成了激励一代又一代青少年茁壮成长的榜样。

这一篇篇详尽的报道，看得玉枝热血沸腾，原来当初那些让自己认识麦贤得、走近麦贤得的文章是这么来的，没有这些报道，就没有人会知道麦贤得的感人故事，就不会有玉枝和阿麦这一生的传奇。

壮乎英雄

让玉枝感到欣慰的是，这些年，越来越多的人和她在做同样的一件事情，就是把那些散落在历史长河的记忆碎片郑重地拾起来，把它们回归历史的波澜壮阔，让人们的敬重成为民族精神的一部分。

在建党93周年时，媒体发起为百位共产党人立传，其中麦贤得的百字传文是这样的：

麦贤得，广东饶平人氏。世系船民，弱冠入伍，志以董存瑞、黄继光为范。欣赴海军雄舰，誓当机电精兵。练就高强本领，养成英勇作风。曾护渔东山岛，为流矢中，浆血尽出，忍剧痛，犹奋战不退，歼贼寇于海上。壮乎哉！敢于胜利，勇于牺牲。堪称"钢铁战士"，无愧"战斗英雄"。

寥寥百余字，把一位有灵魂、有血性的英雄战士的形象展现在人们面前。还有人用三个"铁"来诠释"钢铁战士"的内涵。

一曰"铁拳头"。凭借过硬的战斗作风和一流的专业素质，把敌舰"砸"成一堆废铁。

二曰"铁筋骨"。凭借顽强毅力和革命乐观主义精神，把战胜伤痛、恢复健康当作特殊战斗。

三曰"铁心肠"。凭借立身重名节的觉悟和严于律己的精神，把名利诱

惑挡在门外。

每当玉枝看到这些文字，都会由衷地感到欣慰，因为她真真切切地感受到社会对英雄的崇尚之风回来了。为此，她在苦难的生活中等待了许多年。如今，玉枝常常在聊天的时候，习近平总书记的这段话她倒背如流，因为，她和她的阿麦用生命体会过这段话的真正内涵：

一个有希望的民族不能没有英雄，一个有前途的国家不能没有先锋。包括抗战英雄在内的一切民族英雄，都是中华民族的脊梁，他们的事迹和精神都是激励我们前行的强大力量。

婆媳情深

　　麦贤得的母亲名字很特别，叫林呖，呖，是鸟发出的清脆的叫声。她出身于渔民之家，家庭贫苦，从女孩子起就养成了勤劳而刚强的性格，遇事不惊慌。嫁入麦家之后，丈夫靠着一只破船捕捞为生，起早摸黑辛勤劳作，只能够勉强糊口。家中的事全靠她一人操持，她总是忙里忙外，每天有忙不完的事情，不是拾柴草就是养猪饲鸡鸭，就这样换得一家半饥不饱的日子。

　　林呖的长子麦贤庆出生在抗日战争时期，麦贤庆出10天生后，日本鬼子来了，为了逃离战火，她抱着未满月的婴儿离家乘船逃难，那一路上的颠沛流离令她刻骨铭心。3年后，第二个儿子麦贤得出生，刚满月，日本鬼子又来了！林呖只好拉着大儿子，抱着二儿子，第二次离家逃难到黄冈西门的龙眼城，她的心里恨透了战争，她多么希望自己能有能力让孩子们一辈子也不要遇见战争，她当然想不到，她的阿得后来会被战争差点夺去了生命。一家人好不容易熬到了抗战胜利，日本侵略者投降，谁想到家乡仍不太平，国民党反动派的残酷统治，使内乱频仍，民不聊生。

　　新中国成立前夕，林呖唯一的女儿出生，谁想到有儿有女的日子没过两天，丈夫却被国民党残部抓了壮丁，后来丈夫冒死逃脱回家，一家人战战兢兢，惶惶不可终日。

　　为什么三个儿女出生都有祸难降临？林呖心里充满了恐惧，她总觉得有人要来抢她的孩子，这种不安全感伴随着她的一生。甚至后来当组织上为身负重伤的儿子麦贤得安排了一个妻子李玉枝，她都有所戒备，担心玉枝不是真正要善待自己的儿子，而是别有所图。

新中国成立后，翻身做了主人，她才明白了一个道理：只有天下太平，人民才能安生，才能立业，有国才有家。她想，把孩子们送到部队去最安全，共产党、新社会有能力让渔民们过上好日子，就一定能让孩子们得到最好的锻炼。再说，国家需要，母亲把孩子送去保卫祖国、保卫和平，使人民过上安定的生活，这是义不容辞的事情。

这是英雄母亲最质朴的逻辑关系。

1960年，台湾"反攻大陆"，派飞机派军舰骚扰沿海省份，沿海居民的平静生活时常被打乱。林呀把适龄长子麦贤庆送入中国人民解放军。麦贤庆的从军之路开启了这个家庭的从军之风，麦贤得在家一天都待不住，天天盼长大，天天想参军。

没有谁比林呀更了解儿子的心思了，1963年，她又把刚满18岁的次子麦贤得送进解放军大家庭。"八·六海战"中，麦贤得重伤昏迷，林呀第一

李玉枝和麦贤德妹妹麦贤妹年轻时的合影（左一李玉枝）

时间赶到了儿子的病床前，看着走的时候健康阳光的儿子，如今已神志不清，她腿一软差点没有站住。

有人曾经问林呖：后不后悔把儿子送到部队？

林呖用她后来的举动回答了这个问题。

1969年，重伤的二儿子麦贤得还在医院治疗和康复，她又义无反顾地让唯一的爱女麦贤妹去当兵，这个没有受过多少教育的女人谆谆嘱咐女儿："古有花木兰替父去从军，如今你要接过哥哥的使命，要像哥哥一样报效祖国。"

1972年，她的五子麦贤哆又追随着哥哥姐姐脚步入伍参军。更令人感动的是，1979年，长子麦贤庆赴前线参战，次子麦贤得伤残在身，她在关键的时刻，又毅然把七子麦贤佳送进了军队。

这是一个普通劳动妇女的爱国情怀，她不懂多少大道理，她只知道，祖国需要就是孩子最好的前程。

林呖全家32口人，其中有4子1女2孙共7人都是军人，16人是共产党员，她老人家不愧是英雄母亲。

玉枝第一次见到自己的婆婆是部队上约了两家人来谈她和麦贤得的婚事时。玉枝坐了七八个小时的车先赶到汕头，由部队的麦桂开等麦贤得的战友陪着到码头去接麦贤得的母亲。

麦贤得的母亲是坐船来的，海上风大，她包了个头巾，脸遮了一半，但是玉枝从她露出的一双眼睛中看到了严厉和挑剔。

"伯母好！"

玉枝一向是乖巧的，但是林呖并不回答她的问候，而是用眼睛把她上下打量了一番，心里嘀咕："怎么个子这么小，将来能照顾好我儿吗？"

玉枝接过林呖手里的一只大包，包很沉，她拿着有点吃力，林呖也不管她，大步流星地朝前走，玉枝拎着包要小跑才能跟上她。

这样的第一次见面，玉枝实在是不能理解，直到后来，自己到了要做婆婆的年龄，换位思考，她才真正明白了婆婆的心理感受，每个儿子都是母亲身上掉下来的肉，当儿媳出现时，母亲的本能就是觉得她是来抢自己的心头肉的，更何况麦贤得伤得那么重，林呖担心年轻的玉枝照顾不过来，也是人之常情。

都说千年的媳妇熬成婆，其实是就是懂得换位思考了。

好在玉枝年轻时尽管不理解婆婆为什么看自己不顺眼，但她懂得长幼尊卑的道理，从来不和婆婆争辩。只要去到婆家，家务事就不再让婆婆操半点心，每天晚上把洗脚水端到婆婆跟前，婆婆坐着，她蹲着，仔细认真地给婆婆洗脚、话说，玉枝在家里都没有这么伺候过自己的妈妈，每每这个时候，玉枝挺想妈妈的。

早年，要是亲戚朋友说起李玉枝，老人总是会心一笑，"日久见人心"，满意在心里，嘴里不说。

如今，老人私下里总对媳妇赞不绝口，"不仅孝，而且顺"。

母亲孝老爱亲的点点滴滴，也深深地感动着她的一双儿女。现在，儿子麦海彬在质监稽查一线工作，常常要在全省各地跑，工作再忙，每周他都要给父母打一通电话，聊聊家常。

而逢年过节家庭团聚时，有什么好吃的，孙辈们也会学着父母的样子，先孝敬老人。老人有什么不开心的，也尽量顺着老人的脾性，"不仅孝，而且顺"，这是麦家的传统。

"家庭生活就要像弹钢琴一样和谐，才能演奏出美妙的歌曲。"李玉枝感慨。而她，在大家眼中，就是这首和谐曲的指挥。

每年麦贤得喜欢在家里住些日子，李玉枝一回到麦贤得饶平老家，就会找婆婆林呖聊天。她常常开导婆婆，"您凡事不要太操心，您就是一棵大树，您健在，家族才会兴旺。"这让老人甚是感动，这位年轻时常年从饶平洪洲湾挑着鱼虾到城里换红薯养家，很是要强能干的女性，这位因为儿子麦贤得在"文革"时期受到牵连，甚至挨斗的母亲硬硬朗朗地活过了九十岁。

作为战斗英雄的母亲，林呖从来不居功自傲，她的热心肠远近闻名。有一户邻居，丈夫是残疾人，夫妻经常吵架，有时吵得不可开交。了解到这种情况后，林呖三番五次上门为他们调解。为了平息争吵，她有时忙得连饭都没有吃，直到问题解决为止。林呖还懂得授人以鱼不如授人以渔的道理，争吵平息后，她了解到这户人家生活比较困难，于是她千方百计托孩子、托熟人为他们寻找职业，帮助他们找生活出路。

在村子里，林呖老人家一向是助人为乐的典范，邻居有人建房盖屋，她就去帮助烧水做饭；村里有什么公益事业，她就捐资捐物。2003年，村里建设学校时，她就一次捐款5000元，还做些力所能及的义务劳动。

村干部说："你老人家年岁大了，出钱就很好了，不用出力了，该享清福好好休息了。"

她说："建设学校是教子育才，只要我活着就要尽一份力。"

林呖老人家还十多年如一日，扶助村里两名孤儿读书。不但在生活上给予照顾，而且教育他们要好好学习，长大了报答党、国家和社会。这一点让玉枝无比感动，自己的父母就是孤儿，当初要不是也有许多像婆婆这样的热心人的帮助，就没有自己了。

2006年春节拍摄的全家福

　　玉枝几次提出要接她到城市里颐养天年，林呖虽然最喜欢麦贤得，但都一次次婉言"谢绝"了，因为她有自己的生活，她在家里饲养十几头猪，凭自己双手，凭自己的劳动来生活，她不要儿子一分钱。

　　有人问她："阿婆，你过去受了不少苦，现在的子孙那么有出息，何不去享福享乐？"

　　她说："我现在这样最幸福，自食其力，减少儿孙们的负担。"

最美家庭

　　玉枝的英雄情结有多深，也许连她自己都不知道，一路走来，许多的人会对她投以同情的目光，觉得她很可怜，玉枝对此不敏感，感受到了也不往心里去，她常常想，比起为新中国的诞生那些终日"悬脑袋、饿肚子"的革命前辈们，我的日子已经很幸福了，这点委屈根本不算什么！履行自己对党和人民的承诺，照顾好英雄，给他一个幸福的家，这就是玉枝的信念。

　　因为有信念做底气，玉枝终于迎来了人生新的春天。

　　2014年，是李玉枝生命中又一个有刻度的年份，在经历了半个世纪的起起落落之后，她的人生之花迎来了新的怒放。

　　这一年，全国妇联在全国开展寻找"最美家庭"活动，通过讲述"最美家庭"的故事，展示中国妇女在社会生活和家庭生活中的独特作用，彰显出我们这个时代的家风新面貌，引导广大妇女和家庭积极培育和践行社会主义核心价值观，推进家庭道德文明建设。

　　寻找行动迅速展开，任务下达到各省级妇联、市级妇联、区级妇联。简瑞燕是广州海珠区妇联主席，接到这个任务后，她第一时间想到的是她偶然听说的李玉枝。

　　简瑞燕生于20世纪60年代，麦贤得这个名字铭刻在她的青春记忆里，她在一次闲聊中听说麦贤得就在海军基地，而他的妻子李玉枝的户口就落户在海珠区，也就是她所管辖的区域。

就是这样一种关联把简瑞燕和这个英雄的家庭联系在了一起，当然，真正让这种关联变得精彩无限的是简瑞燕和简瑞燕这一代人的英雄情结，简瑞燕想知道，是一位怎样的女性，以怎样的方式呵护了英雄近半个世纪，直觉告诉她，这里面一定有"最美家庭"的故事。

玉枝第一次见到简瑞燕就有一种说不清的亲近感，大约就是因为"妇联"这两个字，嫁给阿麦之前，她自己曾经是公社的妇女主任，是最基层的妇联干部，第一次见麦贤得，是妇联的几个姐姐陪着她去的……

在2014年见到麦贤得以前，英雄在简瑞燕的心里是神一般的存在，简瑞燕曾经有些忐忑，如何与这位大英雄交流才是最合适的，为此她看了当时有限的关于麦贤得的报道，有一个细节让她茅塞顿开：麦贤得因为脑外伤，现在的智力相当于一个十几岁的孩子。简瑞燕想，那就把他当成一个大男孩子来交流也许会有效果。

事实证明，这个方法很有效。

简瑞燕每次去麦家，会带一把鲜花去。

"麦叔，喜欢花吗？"

"喜欢！"

"什么颜色最好看呢？"

"红色！"

"哪个是红色？"

"这个！"

"那我们把它送给玉枝大姐好不好？"

"好！"

就这样，玉枝第一次收到了丈夫麦贤得送的花，这对于普通恋人来说是一个很平常的浪漫的表达，但对于玉枝来说，却是弥足珍贵！玉枝接过她的阿麦递过来的玫瑰花，感慨万千，她心里知道，这其中，简瑞燕花费了很多心血，她感恩自己的遇见。

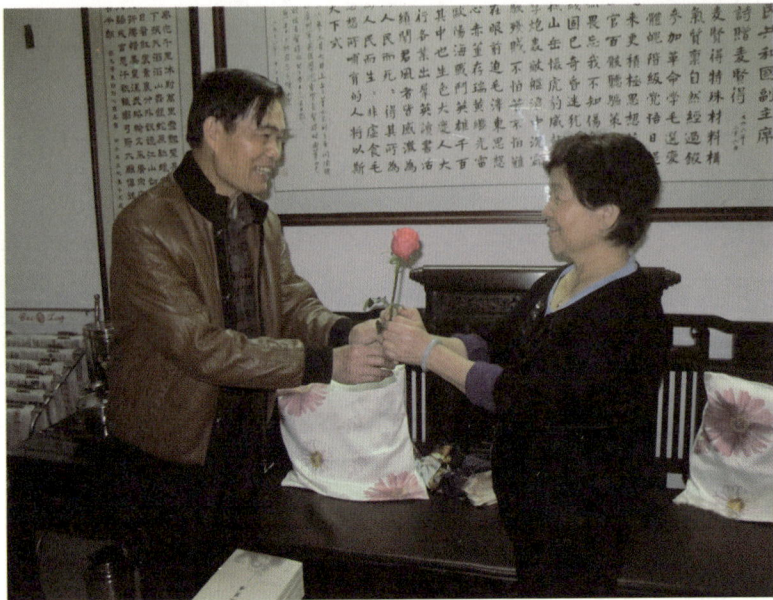

麦贤得第一次送花给妻子

就这样，简瑞燕很顺利地就和这个曾经离她遥远而神秘的、带着光环的家庭慢慢建立起亲人一般的关系。

海珠区妇联精心完成了一系列关于麦贤得和李玉枝的报道，让英雄和他妻子的事迹在广播、电视、报纸、新媒体中得到广泛的报道，与以往报道不同的是，通过这一系列的报道，人们不仅仅被麦贤得的英雄事迹吸引，更加被李玉枝身上人性的光辉所吸引，被这个家庭的美丽所吸引。

在这些报道中，人们欣喜地了解到英雄儿女双全，在儿女海彬、海珊眼里，他们这个家的中心就是爸爸，"妈妈所有的心思几乎都在爸爸身上，在家里既当爹、又当妈，太不容易了"。

从这些报道中，人们看到了李玉枝除了是好妻子，还是好儿媳，每年春节，李玉枝会带着丈夫和儿女回饶平洪洲老家。细心的她会为长辈、亲戚们精心准备好礼物，再以丈夫的名义送给大家。在老麦老家，个个都说他有福，娶了个好媳妇。

来这些报道中，人们看到了玉枝的善良和美好，不光自家事，邻居家有急事，李玉枝也会差使儿女去帮忙。海彬说："妈妈经常教育我们兄妹'金厝边、银亲戚'（潮汕话，'厝边'就是邻居），对人要和睦，这样大家才会好。"

住在隔壁的战友彭德才看在眼里，对李玉枝由衷地敬佩："李姐，你真是个大好人，了不起！"

如今，从汕头的家来到广州儿女的家中，李玉枝每天陪着她的阿麦练字、种花、散步，享受三代同堂的天伦之乐。

邻居们都说："这是福报，好人有好报！老麦家就是我们身边的最美家庭。"

2014年，麦贤得李玉枝家庭获得了"广东十大'最美家庭'"和全国妇联授予的"全国最美家庭"荣誉称号。

"老麦，你又上报纸了"

麦贤得李玉枝参加"广东十大'最美家庭'"颁奖活动2014年活动

　　玉枝与她的阿麦并排坐在沙发上，她打开《南方日报》，指着一版的大图片给他看，"你看，这个是你，这个是我。你是我的英雄，我用一生守护你"。

　　旁边的麦贤得听了，憨憨地笑了："知道！我……知道！"

　　见到老麦开心，李玉枝也笑了。

　　风雨过后，彩虹灿烂。现在，麦贤得一天比一天康健，一家人一天比一天和美。

　　这是麦贤得、李玉枝继20世纪80年代被央视的记者挖掘采访之后，再一次成为了舆论的热点话题，随之而来的更大的荣誉、采访、电视节目的邀约络绎不绝。

麦贤得书写的"最美家庭"

心·理·劫·难

　　玉枝的社会活动越来越多，她带着麦贤得出席在不同的场合，面对不同的媒体和麦贤得的粉丝、自己的粉丝，虽然累，但是还算应对自如，直到上了一个叫《心理访谈》的节目。事实上，节目的初衷在于展示麦贤得、李玉枝这对"双英雄"经历了怎样的苦乐酸甜，他们在通往幸福的道路上付出了怎样的艰辛与努力，荣誉的背后彰显了怎样的精神品质，玉枝以为这和她接受过的无数次采访不会有太大的区别。

　　而事后她回想起上节目的点滴，都会心塞难过，节目于李玉枝相当于经历了一场心理劫难。

　　那天是海珊陪着爸爸妈妈去的，现场除了主持人，还有心理专家、观察员、学者，节目组很用心，先用一个短片把这个与众不同的家庭给大家介绍一下，一起看片子的时候，玉枝就已经开始掉眼泪，她的眼泪是很复杂的，一个几分钟的片子好像就把她半个世纪的故事讲完了，但是其中的滋味又岂是片子能讲完的。

　　访谈的过程中，麦贤得很想加入到谈话中，但是词不达意，大家都看在眼里，玉枝不断用自己的手盖住阿麦的手，好像在说："明白的，你想说的我们明白的。"

　　说到新婚的第二天就挨打，主持人阿果问："您有没有后悔过？"

玉枝的回答是："从来没有，我不能亏待他。"

学者浦寅在说话之前先向英雄夫妻俩鞠了一躬："当年，像麦贤得这样的英雄当时在我们的心里是无比的高大！现在的人恐怕很难理解我们对英雄的敬仰，那个时候真的是愿意为他们做任何事情。"

观察员安妮玫瑰这时提出来："我很好奇，这无条件的爱背后到底是什么支撑着她？"

然后，心理学家张久祥就说要做一个小小的心理测试，让大家更清晰地看到李玉枝的心理过程。

这是一个叫作"人生五样"的心理测试，有五个演员被请到演播室，他们都戴着白色面具，心理学家说这代表了李玉枝心里最最重要的五样东西，他请玉枝把自己心里想到的五样最最重要的东西写在那些白色的面具上。

张久祥说，通过这个测试，观众可以由浅入深、由表及里地挖掘到玉枝心里力量的来源到底是什么。

玉枝给出的五样是：

"幸福温馨"；

"老麦早日康复"；

"儿女长大后回报社会"；

"我的付出无怨无悔"；

"党、国家和人民"。

接下来玉枝被要求做的，是一定要舍弃掉其中的一个，玉枝开始陷入踌躇中，考虑再三，她去掉了"我的付出无怨无悔"，玉枝说："这是我应该做的。"

张老师说，如果只能保留三样，你去掉哪一个？

玉枝的选择是："幸福温馨"。

心理专家张久祥说："这代表她对自身的幸福看得最轻。"

然后要求玉枝再去掉一个。

玉枝说："不能再去掉了。"

张老师说："你还是要去掉一个,保留两个。"

玉枝开始深深地叹气,眼里噙着泪水,她选择了"儿女长大后回报社会"。

张久祥说,三代同堂,儿女事业有成,是她最有成就感和幸福感的事情,她在这个阶段舍弃掉了,我们看到了她心里的悲伤、纠结和冲突。

然后他说:"也许你会埋怨我很残忍,但是根据我们这个心理游戏的设置,我们不得不再放弃掉一样东西。"

可怜的玉枝说:"那我就放弃老麦吧……我希望我们的祖国兴旺、昌盛……我希望党和人民不要忘记老麦……"

张久祥:"为大家舍弃小家吗?阿姨你想好了,你看着老麦,他要渐渐离你远去,你可能再也见不到他了,他只是你记忆中的一个存在,你让他走吗?所有的权利都在你这里,你让不让他走?"

玉枝泣不成声:"如果只能选一样,就把党、国家和人民留下,如果我们每个人都以国家为重,我们的国家才会好起来……"

李玉枝几乎晕倒……她崩溃了!

心理学家放弃了他坚持的心理游戏,让玉枝过去拥抱她剩下的两样最宝贵的东西,玉枝泪如雨下:"好人一生平安!好人一生平安!"

在一旁的麦贤得很茫然地看着眼前发生的一切,他甚至像个做错了事情的大孩子,不知所措,惴惴不安,他喃喃地说:"不要……不要……"

玉枝缓过来以后,轻轻拍着他:"没事……没事……"这个举动感动了现场的安妮玫瑰,她流着泪说:"阿姨自己难受成那样,她第一时间想的是去安抚麦贤得,她的境界跟我们真是不一样!"

这期节目从节目组的角度说是很成功的,也把正能量传递给了广大的观众,但是对于玉枝的心理来说是一次打击,在之后的很长一段时间里,她失眠,痛哭,常常在噩梦中醒来。

道德模范

之后的这几年，得奖、领奖仿佛成了麦贤得和玉枝生活中的很重要的一部分内容，2016年，李玉枝获得"全国道德模范"荣誉称号。

全国道德模范评选是由中央文明办、全国总工会、共青团中央、全国妇联共同主办的，平均每两年评选一次，它是新中国成立以来规模最大、规格最高、选拔最广的道德模范评选，评选分为"助人为乐"、"见义勇为"、"诚实守信"、"敬业奉献"、"孝老爱亲"5个类型。每一届在9月20日——"公民道德日"这一天隆重揭晓。玉枝参加的是2015年第五届全国道德模范的评选，此次评选是从308位正式候选人中由普通百姓通过投票的形式选出，真正做到了"人民选人民"。

关于全国道德模范的评选，《人民日报》曾经刊登过一篇题为《崇尚道德模范 提升道德水平》的文章。

根据中国传统道德含义，道德模范就是具有牺牲小我的利益（或幸福），而维护了大我的利益（或幸福）的言行，且事迹典型和突出人或集体。

道德模范要做出符合道德且对人民有益的事或行为。中国幸福学认为，对于我或者我们（家庭，集体，集团，阶层，阶级或人类）而言，道德是为了维护我或者我们大多数人的利益（或幸福）而约定俗成的，不损害我们大多数人幸福（利益）的基本的规范言行。

道德模范要遵循善的原则。中国幸福学认为，检验真理的唯一标准是人民和谐幸福。所以善就是有利于人民和谐幸福的言行。

因此，道德模范可以理解为行善的模范。

公民的道德水平，体现着一个民族的基本素质，反映着一个社会的文明程度。加强公民道德建设，是提高全民族文明素质的一项基础性工程。随着我国公民道德建设的不断加强，干部群众践行社会主义核心价值观的不断深入，越来越多体现社会主义道德要求的模范人物涌现出来。这次在全国评选表彰来自基层的道德模范，用他们的先进事迹感召群众，对于在全社会大力弘扬社会公德、职业道德、家庭美德，营造知荣辱、树正气、促和谐的社会风尚，促进社会主义核心价值体系建设，为经济社会发展提供强有力的思想道德保障，具有十分重要的意义和作用。这次评选表彰活动反响强烈，广大干部群众和社会各界踊跃参与，充分表明评选表彰全国道德模范对于形成良好社会风尚、提高公民道德素质具有重要推动作用，是公民道德建设的生动实践，是推动社会主义精神文明建设的有力抓手。时代进步需要健康向上的道德风尚来引领，社会发展需要道德楷模的力量来推动。公民道德建设的实践表明：中国特色社会主义伟大事业，需要千千万万个道德模范，也培育着千千万万个道德模范。崇尚道德模范，弘扬良好道德风尚，是一个社会健康向上的标志，也是一个社会文明进步的动力。褒奖群众身边看得见、摸得着、学得到的"平民英雄"，推崇在基层涌现的"凡人善举"，能够有力地引导人们"从我做起、从现在做起、从身边小事做起"，引导广大群众见贤思齐、争先创优，使道德模范成为大家学习的榜样，促进全社会文明程度和道德水平的进一步提高。

我们国家正处在大变革大发展的时代，人们思想活动的独立性、选择性、多变性、差异性不断增强，价值取向呈现多样化的趋势，道德观念呈现复杂多变的特征。人民群众深情呼唤着、期待着良好的道德风尚。这是我国公民道德建设的新机遇，也是我国公民道德建设面对的新挑战。我们更加需要褒扬道德模范，弘扬社会正气，树立道德新风，以社会主义的主流道德价值观引领社会道德风尚，促进和谐社会建设。

道德力量是国家发展、社会和谐、人民幸福的重要因素。公民道德重在养成，社会风尚重在培育。大力加强公民道德建设，培育文明风尚，广泛开展群众性精神文明创建活动，吸引广大群众广泛参与、自觉实践，必定能够使全体公民的道德素质提升到一个新的水平，逐步形成与社会主义市场经济体系相适应的社会主义价值观和道德体系，使古老的中华民族以新的道德风貌屹立在世界东方，为中国特色社会主义伟大事业增添新的光彩。

从2007年第一届全国道德模范评选开始，麦贤得和玉枝就非常关注，他们曾经一起看颁奖晚会，被这些道德模范所感动，并且有意识无意识地向他们学习和靠近，这些人中有敬业奉献模范、国家杂交水稻专家袁隆平，抗"非典"中力挽狂澜的呼吸道专家钟南山，有助人为乐的丛飞、赵广军、郭明义，还有见义勇为模范，诚实守信模范，孝老爱亲模范。玉枝从来就没有想到自己会成为这些道德模范中的一员。

组委会给予第五届全国道德模范的集体致敬词是：

每一个道德模范的背后都有一个不同寻常的故事，它们或许催人泪下、或许轰轰烈烈、或许平平淡淡、或许……但每一个故事都折射了时代的光芒，更书写着时代的感动。308位百姓身边的候选人，308个真真切切的故事，虽然入围道德模范评选的候选人只有308人，但这308人却代表一个群体，一个庞大的道德群体，他们用自己的行动感召着社会、用自己的所为诠释着道德的真谛。

平凡的名字，平凡的面容背后，是不平凡的坚持，不平凡的勇毅，让人动容。他们或助人为乐，或见义勇为，或诚实守信，或敬业奉献，或孝老爱亲……他们是我们道德之路上的前行者，更是我们身边的平凡人，是我们的邻居、同事、同学。但，他们以一己之力，为这个社会带来融化在手心里的温暖，流淌在身边的感动！他们像前进路上的明灯，引领这个社会在道德之路上前行。

善行无疆，舍己为人，一诺千金，恪尽职守，大爱无声……这是评审委员给全国道德模范的致敬词，更是亿万中国人最由衷的赞誉，最崇高的褒奖，最衷心的致敬。

这一年，关于第五届全国道德模范评选活动，中共中央总书记、国家主席、中央军委主席习近平作出了重要批示，向受表彰的全国道德模范致以热烈祝贺和崇高敬意。习近平总书记指出，隆重表彰全国道德模范，对展示社会主义思想道德建设的丰硕成果，彰显中华民族昂扬向上的神采飞扬，凝聚全国各族人民团结奋进的力量，具有重要意义。他强调，道德模范是道德实践的榜样。要深入开展宣传学习活动，创新形式、注重实效，把道德模范的榜样力量转化为亿万群众的生动实践，在全社会形成崇德向善、见贤思齐、德行天下的浓厚氛围。要持续深化社会主义思想道德建设，弘扬中华传统美德，弘扬时代新风，用社会主义核心价值观凝魂聚力，更好构筑中国精神、中国价值、中国力量，为中国特色社会主义事业提供源源不断的精神动力和道德滋养。

习近平总书记的指示振奋人心，更加激励着每一位受表彰的全国道德模范。

这一次去北京领奖，是几十年来第一次玉枝没有和阿麦一起去北京，该玉枝上台了，本来主持人敬一丹想让玉枝说几句获奖感言，上了台，玉枝把之前准备的感言都忘了，却情不自禁地对着镜头和她的阿麦隔空交流起来："阿麦，我陪护你四十多年，从来没有离开你这么远，这么久，我真的有点不习惯，心里老是记挂着你……"这一刻，岁月道出了爱的真谛，现场观众和电视机前的观众无不为之动容。

远在汕头家中的麦贤得何尝不是也感到极度地不习惯，他每天下午就到

街口去转，看看花看看草，走走停停，心里想的是玉枝怎么还不回来。等不到，他生气了，谁都不理，急得勤务兵小江不知所措。

终于，玉枝回来了！

一进家门，玉枝顾不上休息，第一时间从行李中把全国道德模范的奖章挂在了她的阿麦胸前：

"没有你，我怎么会得到这个奖章。"

麦贤得把奖章捧起来端详了好久，这次他特别连贯地说出了一句话，声音洪亮，充满了情感：

"祝贺祝贺再祝贺！"

苦尽甘来，面对接踵而来的荣誉，玉枝总是能保持一份难能可贵的清醒，一如在艰难的日子里，她能拥有一份难能可贵的担当和坚韧。玉枝想，自己当初嫁给麦贤得不是为了这些荣誉，今天更不能因为这些荣誉而打破了家庭的平衡。大概连玉枝身边最亲近的人、她的子女都没有察觉到她为家庭的和顺所作出的点滴努力。

玉枝总是很自然地收藏好自己的光芒，依然是麦贤得身边周到细致的妻子，一点都不让麦贤得感觉她的锋芒超过了丈夫，媒体的关注度更倾斜于她而不是当年的英雄。

光荣时刻——李玉枝在第五届"全国道德模范"授奖仪式会场上留影

有一次在广东广播电视台参加一个广东省的活动，导演组邀请了麦贤得和玉枝双双参加，嘱咐玉枝上节目的时候一定戴上全国道德模范的奖章。就这么一件小事，玉枝想了很久，奖章只有一个，如果自己戴了奖章，而阿麦的胸前没有奖章，阿麦会不会不开心呢？

最终，当节目开始录制之前，导演问大姐："您的奖章呢？"

玉枝抱歉地回答："哎呀，我忘了！"

玉枝是智慧的，玉枝是善良的，玉枝把自己的一切都献给了她的事业——做麦贤得的好妻子。

这一切，简瑞燕看在眼里，感动在心里。

姐妹知己

　　从当年凭着英雄情结和女性直觉走近李玉枝，到后来见证麦贤得、李玉枝重回公众视线，有人夸赞海珠区妇联主席简瑞燕塑造典型很成功，也有人说她功德无量，让玉枝获得了生命的绽放，而就简瑞燕自己而言，这无关工作成效，无关功德，而关乎真诚和使命。在走进麦贤得、李玉枝的生活之后，简瑞燕觉得自己的心灵得到一次洗礼，如此震撼心灵的时代故事和女性人生，如果不让更多的人知道和感受其中的正能量，简瑞燕觉得自己的良心过不去。

　　而作为一个女人，她好心疼玉枝大姐，几十年来，她知道体贴丈夫、孩子、孙子，应该有更多的人来体贴她啊！在玉枝接到中央文明办邀请她上春晚的通知后，简瑞燕决定陪大姐去，而且要美美地去！

　　从"最美家庭"的评选之后，玉枝就很信任简瑞燕，甚至依赖简瑞燕了，现在玉枝叫她小燕子。

　　去北京之前，小燕子带着大姐去做美容，做头发，置办新衣服，做完这些，玉枝照着镜子竟然不好意思起来，几十年来她第一次看到如此光鲜的自己。

　　看着玉枝的深情，简瑞燕既心酸又欣喜，从20出头嫁给麦贤得，玉枝简直就忘记了自己是个女人，她把自己锻造成一块钢铁，坚硬得可以撑得起一个家，撑得起麦贤得的整片天，这一撑就半个世纪没有停歇，一转眼，韶华已逝，玉枝已经年近70，想到这些，简瑞燕几次偷偷落下眼泪。

这一对忘年姐妹，在北京朝夕相处了7天，从出发的那一天起，简瑞燕就打定主意暂时放下自己是海珠区妇联主席的身份，取而代之的是她心甘情愿的临时身份——玉枝大姐的勤务兵。

为此，出发前，简瑞燕专门给海珊去了电话，了解玉枝大姐必须带的药物、吃饭有没有什么忌口、有什么特别的喜好……

到了北京城，小燕子带着大姐逛皇城根，看颐和园、圆明园、故宫、后海，虽然玉枝来过好多次北京，但是每次都是来去匆匆，寸步不离地照顾着老麦，真不知道北京这么大这么美！

她们去了北京最地道的涮羊肉食肆东来顺：

"小燕子，这么冷的天，你麦叔不知道会不会添衣服？"

"大姐您就安心吃饭吧，不是交代了勤务兵吗？"

"你麦叔要是发脾气不肯吃药就糟糕了。"

"大姐，您可以视频通话，监督麦叔把药吃了。然后我监督你把你的药吃了。"

玉枝由衷地感动，这是她结婚以来第一次不需要照顾人，而是被人体贴地照顾着，第一次。

也是第一次，玉枝理解了年轻人总说的"闺蜜"这个词，闺蜜有的时候就是一种心理交流的状态，在那个时刻，彼此没有了任何心理的束缚，心底之门大大地敞开，整个人被温暖和柔软包围；闺蜜有的时候就是属于女人的"八卦"，快乐而单纯。

"大姐，你年轻的时候有没有人追过你啊？"

"怎么可能没有。"

玉枝此时的思绪飞得很远。

"大姐，一个女人支撑起一个家，有没有挨过欺负？"

"怎么可能没有。"

玉枝此时的表情没有痛苦，更多的是豁达。

春晚的准备工作是烦琐的，最初，导演组给每个参加春晚的道德模范都准备了一段话，让大家背下来。玉枝拿到之后就犯难了，这么长，怎么背呢？

简瑞燕跟导演组商量，能不能由她根据导演组的时长和内容要求，组织一段大姐比较好记的话？

导演组同意了。

结果在彩排的过程中，只有玉枝的表达是最亲切和流畅的，导演组当即决定，就由李玉枝代表大家讲几句话。

对于中央电视台的春节联欢晚会，玉枝再熟悉不过了，每年她忙完大家的年夜饭，就和阿麦一边喝茶一边看节目一边守岁，从20世纪80年代到今天，年年如此。

没想到，今年自己来到了中央电视台一号演播大厅，看到了那么多过去在电视里看到的明星：董卿、张也、阎维文、冯巩、蔡明……

简瑞燕看着大姐数星星，看到了大姐心里的快乐。

终于，2016年猴年春晚拉开大幕！

"咦，那个人是不是李玉枝呀？"开场不久，就有眼尖的观众在镜头中发现了现场嘉宾席中有一张"熟面孔"。22时30分，当主持人周涛、朱军来到嘉宾席向电视机前的观众一一介绍到场的6位全国道德模范代表时，谜底终于解开——原来，人们熟悉的战斗英雄麦贤得的妻子李玉枝以第五届全国孝老爱亲模范的身份来到央视春晚现场，并作为代表向全国人民拜年。

"我是广州市海珠区的市民李玉枝，祝全国人民家庭幸福，猴年吉祥如意！祝我们的国家国泰民安，繁荣富强！……"镜头前，李玉枝胸佩全国道德模范奖章，笑容可掬，神采奕奕。

晚会结束后，回到宾馆，玉枝仍然难掩兴奋之情。

"小燕子，我好紧张，紧张得手心都出汗了。"

"大姐，你在镜头前好得不得了，麦叔一定看到了，他会很高兴的！"

此时，已经是凌晨2点了，简瑞燕体会着大姐的兴奋，也担心她的身体吃不消，连日来的安排、彩排和直播，把大姐折腾得够呛，她到这会儿还没有吃晚饭。

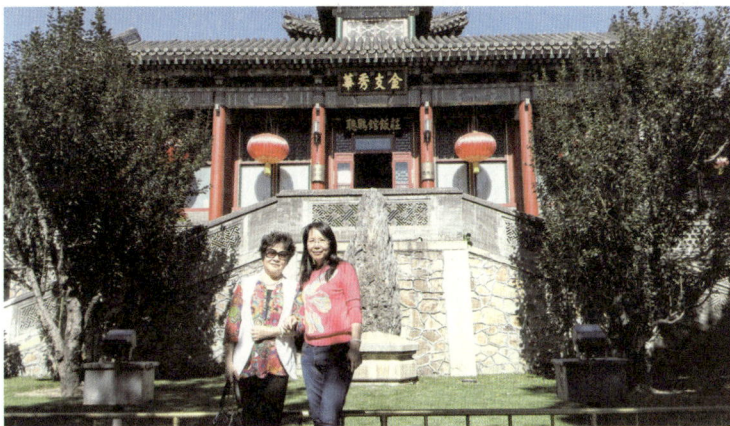
李玉枝与简瑞燕姐妹情深

2016年春节的年夜饭，简瑞燕陪着玉枝大姐在凌晨时分吃了一顿速冻饺子，而玉枝为了尽早能回到汕头陪麦贤得过年，订了最早的一个航班，吃完这顿饺子差不多就要去机场了。

在机场，简瑞燕看着大姐脸上未消的兴奋和一夜没有休息之后掩饰不住的疲惫，感慨万千，毕竟是将近70岁的人了，总要自己歇歇脚吧？

简瑞燕牵着玉枝的手，玉枝的手粗糙里透着柔软，她仿佛觉得自己握着一部女人的史诗，那个梳着两根麻花辫的妇女主任，那个被发病的丈夫打完之后在深夜里不敢哭出声的妻子，那个用信念守候着丈夫的健康创造了他癫痫病20年不复发传奇的英雄，那个心里装着老人、孩子、亲人、朋友却从来没有自己的世界上最善良的女人……如今就像自己的妈妈。

简瑞燕真的好后悔没有和玉枝大姐一起飞汕头，把她送到汕头自己再回

广州，为此她一直后悔多年。

在登机口，简瑞燕想哭，她不敢让大姐看到自己流泪，广东人最忌讳大年初一流眼泪，紧紧地拥抱玉枝大姐，眼泪无声地滑落在大姐的肩头，然后她头也不回地跑开了。

又见曼云

"当年的英雄还活着！麦贤得还活着！"

2017年10月16日晚，中央电视台播出了"圆梦中国　德耀中华——第五届全国道德模范授奖仪式"，"八·六海战"战斗英雄麦贤得的妻子李玉枝当选为全国孝老爱亲道德模范。电视机前，远在广西南宁的一位80岁老人泪流满面，激动得浑身不住地颤抖……

她是谁？

她就是当年麦贤得医疗特护小组的组长——许曼云。

当年，许曼云的照片伴随着英雄的事迹宣传也出现在各种报纸、杂志甚至进了军事博物馆。其中一张照片被当时的各大媒体转登。

黑白照片中，21岁的麦贤得身穿长袖病服、头戴军帽，30岁的许曼云搀扶着他散步，镜头前两人一脸微笑。

因为照顾麦贤得，许曼云的名字也上过报纸。有一天，她收到几十名学生集体来信，向她表示感谢，信中还说学校号召学生学习许曼云无私照料英雄的精神。

点点滴滴的往事，珍藏在许曼云记忆的最深处，麦贤得出院后，他们的联系中断了近半个世纪，在近半个世纪的时间里，她无数次地回味，无数次地牵挂，她多方打听麦贤得的消息没有结果，几年前，老人从一位战友那里听闻"麦贤得去世"的"噩耗"，以当年许曼云对麦贤得的身体情况的了解，她是相信这个结果的，她伤心得落下泪水，那个时候，她的内心有一个强烈的愿望：把珍藏多年的照片寄给小麦的家属。

人生如戏，今天许曼云竟然在电视上看到了麦贤得！麦贤得不仅活着，而且恢复得这么好，还娶了妻子，有了儿女……许曼云真是百感交集！擦干眼泪，许曼云开始了她寻找英雄的旅程。

许曼云护理麦贤得时的照片

1961年，许曼云跟随丈夫从广西南宁303医院转到广州陆军总医院担任脑外科护士。1965年，医院为了救治战斗英雄麦贤得，专门成立了特护小组，许曼云被任命为组长。此后的370多个日夜，她与麦贤得结下了深厚的战友情。

在那个年代，照顾英雄是一种荣誉，许曼云现在还清晰地记得广州市民排着长队争先恐后为麦贤得献血的场景，那些日子，总医院成了人们敬仰英雄的地方。

麦贤得昏迷不醒，主任医生建议降低病房温度。没有空调，许曼云和她的伙伴们在病房墙壁挂上了冰袋。为了防止麦贤得肌肉僵硬和萎缩，许曼云和其他护理人员每天进病房的第一件事，就是给他按摩关节和肌肉。

手术成功后，麦贤得能直身端坐了。有一天，许曼云发现麦贤得鼻孔总是有水样液体流出，一开始主治医生认为是感冒。许曼云细心观察到，液体没有任何黏稠状，这会不会不是感冒鼻涕，而是脑脊液？此事非同小可，许曼云马上向护士长和医生汇报，抢救小组马上组织专家会诊，最后确诊是脑脊液鼻漏！

幸亏发现得早，战斗英雄麦贤得才再一次逃离鬼门关！后来玉枝知道这个细节，激动得老泪纵横，阿麦这一生多少次遭遇死神，又遇到了多少帮助他逃离死神追杀的人啊！

许曼云比麦贤得大9岁，护理期间一直亲切地喊他小麦。麦贤得清醒后，特护小组针对麦贤得的特殊情况，专门为他设计了一套康复方案，24小时周密地安排他做康复训练、写字、散步。

当然，首先是要保证他的饮食，为此，在哄麦贤得吃饭这件事情上护士们是各出奇招。

有一次吃晚饭，小麦只吃了两个饺子便不吃了，许曼云就哄他说，吃一个饺子就是消灭一个敌人，小麦听了很高兴，把整盘饺子都消灭了。

麦贤得的身体一天天壮实起来了，可是弹片的伤害使他记忆衰退，语言表达困难，许曼云到今天还记得，在他的"护理记录"上，最常见的词句就是："意识迟钝"、"意识朦胧"、"语言障碍"等。为了试验他的恢复情况，护士们常常写一些日常生活问题问他，他写回答案常常是答非所问，错乱无序的。但当护士写出："麦贤得，你是个战士吗？"他右手瘫痪不能动，就用左手颤巍巍地写道："随时准备消灭来犯的敌人！"当护士在纸片上写出"麦贤得是中国人民解放军海军战斗英雄"时，麦贤得就立即划掉"战斗英雄"四个字，而写上"义务兵"。

这些护理细节对于特护小组的每一位成员来说都是一次精神上的洗礼，她们庆幸自己是离英雄最近的人，这份亲近连玉枝都羡慕。

370多个日夜，特护小组从来不敢松懈："中央领导人和部队首长把护理任务交给我们，我们必须人人全力以赴，不能出任何差错。"

当时许曼云的两个女儿年纪尚小，可她将全部精力放在照顾英雄上。许曼云的大女儿胡明回忆道，当时国家号召全社会向战斗英雄麦贤得学习，医院每天都有仰慕者前来探望，但不是每一个人都有机会看上一眼。胡明和4岁的妹妹通过妈妈的"关系"，才和麦叔叔见上一面。这一次特殊的"走后门"，让胡明和她的妹妹骄傲了一辈子，她们还把这份骄傲传给了自己的孩子，后来，当许曼云在电视上得知麦贤得还活着，执意要寻找英雄的时候，胡明和她的孩子迅速梳理出寻的路径，通过广东省文明办的帮助，很快找到了麦贤得和李玉枝。

约定见面的时间终于到了，那天南方日报社的记者也心潮澎湃地见证了这个久别重逢的时刻。

"大姐，您来了！"

"小麦，辛苦了！"

这再熟悉不过的朴素问候，对于战斗英雄麦贤得和许曼云而言，恍如隔世。

一进门，许曼云快步跨下台阶，麦贤得也径直走向许曼云，四只手紧紧握在一起。这几步路，中间隔着几十年的牵挂，这四手相握，交织着永远的战友情谊。

看到麦贤得的妻子李玉枝在一旁掉眼泪，许曼云深深地拥抱了这个了不起的女人，久久不肯松开，她护理过麦贤得，她最懂得照顾麦贤得是多么艰苦卓绝的一件事情。

许曼云说："好妹子，你也是一位英雄，你是人民的功臣。"

李玉枝笑着抹眼泪："感谢许大姐，没有你们就没有老麦的第二次生命，嫁给老麦之前，我也不知道他还能活几年，不知道我们会不会有小孩儿。生活中发生了很多艰苦的事情，但是我从来没有想过要离开他，我只想给他一个温暖的家。"

听着她们的交谈，仿佛她们是像是相依多年的姐妹。

在麦贤得家，80岁的许曼云拿出了9张珍藏多年的老照片。其中，有叶剑英、贺龙等元帅看望麦贤得时的合影，也有麦贤得、许曼云一起读书的情景，这是她精心准备送给麦贤得的礼物。

麦贤得仔细端详，"这个年轻人是我，白衣护士是许大姐"。

许曼云动情地说："几十年来，一惦念起小麦我就把相片翻出来反复看，再给儿孙讲战斗英雄麦贤得和医护的故事。"

"小麦，你现在用哪只手拿筷子吃饭？"半个世纪的时间没有冲淡战友情谊，一见面，许曼云还像49年前护理麦贤得时的情景一样，一会儿轻抚麦贤得的额头，一会儿捏捏他的手指关节。

"现在，我吃饭用左手，写毛笔字用右手。"麦贤得说。

看到现在的小麦身体硬朗、走路迅速、说话清晰，许曼云连呼意外，"当年在医院里，小麦走路拖着腿，讲话时只会用'要、不要'这些简单的词语，想不到几十年后他身体恢复得越来越好。"

许曼云把特意给李玉枝带来两件广西壮锦手工艺品和一条围巾交到玉枝的手里。

"李玉枝，你这43年来悉心照顾小麦，真是不容易，我们只照顾了小麦一年，你却照顾了他一辈子，我们医护人员创造的是医疗救治的奇迹，你创造了生命的奇迹！你比我们医护人员还要了不起。"

临别前，满心欢喜的麦贤得带着许曼云一家参观了他的书房，还挥毫一幅"寿而康"墨宝，送给即将迎来八十大寿的许曼云。

许曼云如获至宝，她幸福地说："能握着小麦的手促膝而谈，已经是我最好的生日礼物了，没想到几十年以后你的字写得这么好，还记得你当初那些歪歪扭扭的字吗？"

大家都笑了。

当年的小麦马上说："我要……感谢党……和国家，还有……我的家属……李玉枝。"

从此，两家人建立了亲密的联系，常常通话，互道珍重。

不久，八十多岁的许曼云生病住进了医院，玉枝带着麦贤得舟车劳顿地到南宁去看望，玉枝觉得，他们有着过命的交情，怎么表达都觉得不够。

2018年8月，在获知麦贤得获得了八一勋章之后，躺在病床上的许曼云感慨万千，她一字一句地写下了这篇文章，致敬他们曾经拥有的芳华。

英雄不忘初心　铭记战友情谊
——写在获知麦贤得获得八一勋章之后

7月28日早上，中央军委首次颁发了八一勋章，习近平总书记亲自向获得者授予奖章。作为一名老兵，此刻我心情激动，特别是看到第一位接受奖章的，是"八·六海战"战斗英雄、我护理过的"钢铁战士"麦贤得的时候，更是引得我思绪万千——想起了当年护理他的任重；想起了辗转五十年，再次见到他的激动；更想起了他不忘初心，始终铭记战友情，还亲自到南宁看望我的感动……

1965年8月6日，盘踞台湾的国民党当局利用潜艇，企图输送敌特在闽南地区登陆，进行袭扰破坏活动。在接到战斗指令后，南海舰队某水警区当即出动鱼雷快艇、高速护卫艇等抵抗敌舰的袭击。当时，作为轮机手的麦贤得驾驶快艇一直冲锋在前。激烈的战斗中，他不幸被一块弹片击中右前额，并划过脑组织陷入颅骨内。鲜血混合着脑组织，从麦贤得右额的伤口中不停地流出，他忍着剧烈的伤痛，稳稳地操纵战舰奋勇前进，顽强地坚持了三个多小时。在其他战舰的共同奋战下，最终分别击沉、俘获各一艘敌舰，活捉了敌舰上全部敌人。直到听到战斗结束，胜利返航的命令时，麦贤得才重重地倒在了战斗岗位上，昏迷不醒。

因为伤势重，在汕头医院抢救了一段时间之后，需迅速将他转往广州军区总医院治疗。医院接到通知后，脑外科迅速成立了医疗组和特护组。经各级领导审批，报国务院周恩来总理办公室备案，当时在广州军区总医院心脑外科任职护士的我被指派为特护小组组长，负责具体组织和实施对战斗英雄麦贤得的特护工作。接到任务后，我深感任务光荣，责任重大，一定要铭记英雄坚持斗争的初心，以英雄为榜样，护理好英雄。

运送麦贤得的飞机到达广州白云机场时，已是当天下午5时左右，刚结束一天日班工作的我，正准备下班休息时，接到医院通知，让我立即继续上连班，第一时间投入对麦贤得的特护工作。组织上要求作为组长的我，除做好各项护理工作外，要详细观察麦贤得的伤情，并根据医师的要求，制订好护理计划，以便特护小组共同执行。

医疗小组根据麦贤得受伤的情况，需要施用冬眠低温治疗。8月的广州，正值炎热的初秋，要降低室温，在没有空调的当时，是一件非常困难的事。于是，大家商量在病房内四周墙上挂大冰袋，用风扇吹风使冰块融化放出冷气，以便使室温下降到预期要求。经过医疗组几次手术，同时配合药物、营养等多种方法治疗，麦贤得终于度过了危险期，神志逐渐清醒。我们特护组按照护理计划，给麦贤得勤翻身来预防发生褥疮，活动全身关节以防僵硬，按摩肌肉以防萎缩。

由于脑部受伤，我们还要重新教麦贤得学习发音，学习用左手写字、用筷，练习走路等。麦贤得勤学苦练，性情开朗，伤情也一天天得到好转，并逐渐康复。

一年多的时间，我们与麦贤得建立了深厚的战友情，我们依依不舍地欢送他归队继续疗养。

之后不久，因为一些原因，我复员回乡，调离了广州军区总医院回到长沙，从此我与麦贤得失去了联系，只能拿出海军报记者寄给我的当年的照片反复端详，回忆那一段我们共同坚守初心、共同建立的战友情谊。

　　直到中央电视台播放的全国道德模范颁奖大会上，介绍了道德模范李玉枝对丈夫麦贤得无微不至、几十年如一日精心照顾的感人事迹时，我才知道麦贤得仍然健在。我当即嘱咐家人，设法与广东省文明办联系，想要在有生之年再见一见麦贤得，能再跟他重叙我们的战友情谊。广东省文明办领导知道我的想法后，非常重视，当即交代南方日报社设法安排我与麦贤得夫妇会面。2015年10月，我和老伴、女儿、外孙女，在广东省文明办领导和南方日报记者的精心安排下，到广州探望了麦贤得和他贤惠、善良的妻子李玉枝。五十年音讯全无，相见一刻，麦贤得还能在几十个人中径直走到我的面前，紧握我的双手，我们都激动不已。

　　我们一起回忆往事，细看他在住院养伤时的照片。交谈中，他得知我几天后即满八十岁时，特意赠送墨宝"寿而康"和军舰模型留作纪念。几天的欢聚时光很快过去，我带着仍然坚守的那份初心和战友情回到了现居地——广西南宁，我们也保持着电话通信联系。

　　然而，岁月不留情，如今我和老伴都已是八十多岁体弱多病的老人。今年5月，麦贤得、李玉枝得知我俩住院治疗，于5月8日早上不顾千里迢迢，

麦贤得李玉枝与许曼云久别重逢

从广州专程赶到南宁三〇三医院病房探望我们。英雄不忘初心、始终铭记着那份战友深情，令我十分感动。五十多年过去了，英雄与我们依旧不忘初心，无论多少岁月过去，我们仍然铭记当年的战友深情，这值得我与麦贤得夫妇永世珍藏。

文明家庭

2016年，荣誉再一次降临在这个充满传奇和坎坷的家庭。

这份荣誉不独属于麦贤得或李玉枝个人，而是属于这个家庭——文明家庭。

为充分展示家庭文明建设丰硕成果，展现亿万家庭良好精神风貌，进一步激发文明家庭创建活力，厚植群众性精神文明创建活动基础，经党中央批

夫妻对弈

准，中央文明委评选表彰第一届全国文明家庭。经过各地各有关部门宣传发动、筛选把关、社会公示、综合评定等环节，严谨有序地完成了评选组织工作。中央文明委决定，授予陈桂华家庭等300户家庭第一届全国文明家庭荣誉称号。

回望新中国的历史，这应该是家庭表彰领域的最高奖项，广东有13个家庭入选，李玉枝、麦贤得家庭排在了第一位。

2016年12月，李玉枝再一次来到了北京，走进了人民大会堂！这是北京最冷的季节，可是她的心里却是温暖如春。在表彰大会上，习近平总书记与文明家庭的代表亲切握手，不时互动交流，嘘寒问暖。现场的气氛非常热烈，掌声经久不息，在那一瞬间，玉枝又一次尝到了幸福的味道，这味道，在崔艇长把麦贤得这个名字带到她的生活里那个下午，她尝到过。

在人民大会堂的领奖台上，这位获孝老爱亲奖的典型潮汕女性用略带家乡口音的普通话道出"秘籍"：女性在家庭中会扮演不同的角色，作为女儿，对长辈不仅要孝顺，还要和顺；作为妻子，对丈夫不仅要理解，还要包容；作为母亲，对孩子不仅要爱护，还要明理。

玉枝说："我这辈子只是做了女人这三种身份该做的事。"

从北京回来之后，玉枝带着久久不能平静的激动心情参加个各种各样的分享会和精神传达会，玉枝在会上的表现，着实惊呆了参加分享的人，特别是陪同的妇联干部们，人们没有想到，年近70的李玉枝，几乎是把总书记的讲话背了下来，并有条不紊地表达了出来。广州市海珠区妇联的宣传部长钟玫婷悄悄查阅了一下习总书记讲话的原文，对玉枝的记忆力和表达能力佩服得五体投地。

习近平总书记的讲话是这样的：

同志们：

　　大家好！

很高兴同大家在这里见面。你们当中有全国优秀共产党员、全国劳动模范、全国道德模范等先进典型，很多是来自城乡基层的普通家庭代表。你们以自己的模范行为，同家庭成员一起，弘扬和践行社会主义核心价值观，温暖了人心，诠释了文明，传播了正能量，为全社会树立了榜样，都是好样的！

在这里，我代表党中央，向受到表彰的第一届全国文明家庭，表示热烈的祝贺！向工作在精神文明建设一线的同志们，致以诚挚的问候！

中华民族历来重视家庭。正所谓"天下之本在家"。尊老爱幼、妻贤夫安，母慈子孝、兄友弟恭，耕读传家、勤俭持家，知书达礼、遵纪守法，家和万事兴等中华民族传统家庭美德，铭记在中国人的心灵中，融入中国人的血脉中，是支撑中华民族生生不息、薪火相传的重要精神力量，是家庭文明建设的宝贵精神财富。

随着我国改革开放不断深入，随着我国经济社会发展不断推进，随着我国人民生活水平不断提高，城乡家庭的结构和生活方式发生了新变化。但是，无论时代如何变化，无论经济社会如何发展，对一个社会来说，家庭的生活依托都不可替代，家庭的社会功能都不可替代，家庭的文明作用都不可替代。无论过去、现在还是将来，绝大多数人都生活在家庭之中。我们要重视家庭文明建设，努力使千千万万个家庭成为国家发展、民族进步、社会和谐的重要基点，成为人们梦想启航的地方。这里，我给大家提几点希望。

第一，希望大家注重家庭。家庭是社会的细胞。家庭和睦则社会安定，家庭幸福则社会祥和，家庭文明则社会文明。历史和现实告诉我们，家庭的前途命运同国家和民族的前途命运紧密相连。我们要认识到，千家万户都好，国家才能好，民族才能好。国家富强，民族复兴，人民幸福，不是抽象的，最终要体现在千千万万个家庭都幸福美满上，体现在亿万人民生活不断改善上。同时，我们还要认识到，国家好，民族好，家庭才能好。当前，全党全国各族人民正在实现"两个一百年"奋斗目标、实现中华民族伟大复兴

中国梦的新长征路上砥砺前行。只有实现中华民族伟大复兴的中国梦，家庭梦才能梦想成真。中国人历来讲求精忠报国，革命战争年代母亲教儿打东洋、妻子送郎上战场，社会主义建设时期先大家后小家、为大家舍小家，都体现着向上的家庭追求，体现着高尚的家国情怀。

广大家庭都要把爱家和爱国统一起来，把实现家庭梦融入民族梦之中，心往一处想，劲往一处使，用我们4亿多家庭、13亿多人民的智慧和热情汇聚起实现"两个一百年"奋斗目标、实现中华民族伟大复兴中国梦的磅礴力量。

第二，希望大家注重家教。家庭是人生的第一个课堂，父母是孩子的第一任老师。孩子们从牙牙学语起就开始接受家教，有什么样的家教，就有什么样的人。家庭教育涉及很多方面，但最重要的是品德教育，是如何做人的教育。也就是古人说的"爱子，教之以义方"，"爱之不以道，适所以害之也"。青少年是家庭的未来和希望，更是国家的未来和希望。古人都知道，养不教，父之过。家长应该担负起教育后代的责任。家长特别是父母对子女的影响很大，往往可以影响一个人的一生。中国古代流传下来的孟母三迁、岳母刺字、画荻教子讲的就是这样的故事。我从小就看我妈妈给我买的小人书《岳飞传》，有十几本，其中一本就是讲"岳母刺字"，精忠报国在我脑海中留下的印象很深。作为父母和家长，应该把美好的道德观念从小就传递给孩子，引导他们有做人的气节和骨气，帮助他们形成美好心灵，促使他们健康成长，长大后成为对国家和人民有用的人。

广大家庭都要重言传、重身教，教知识、育品德，身体力行、耳濡目染，帮助孩子扣好人生的第一粒扣子，迈好人生的第一个台阶。要在家庭中培育和践行社会主义核心价值观，引导家庭成员特别是下一代热爱党、热爱祖国、热爱人民、热爱中华民族。要积极传播中华民族传统美德，传递尊老爱幼、男女平等、夫妻和睦、勤俭持家、邻里团结的观念，倡导忠诚、责任、亲情、学习、公益的理念，推动人们在为家庭谋幸福、为他人送温暖、

为社会作贡献的过程中提高精神境界、培育文明风尚。

第三，希望大家注重家风。家风是社会风气的重要组成部分。家庭不只是人们身体的住处，更是人们心灵的归宿。家风好，就能家道兴盛、和顺美满；家风差，难免殃及子孙、贻害社会，正所谓"积善之家，必有余庆；积不善之家，必有余殃"。诸葛亮诫子格言、颜氏家训、朱子家训等，都是在倡导一种家风。毛泽东、周恩来、朱德同志等老一辈革命家都高度重视家风。我看了很多革命烈士留给子女的遗言，谆谆嘱托，殷殷希望，十分感人。

广大家庭都要弘扬优良家风，以千千万万家庭的好家风支撑起全社会的好风气。特别是各级领导干部要带头抓好家风。《礼记·大学》中说："所谓治国必先齐其家者，其家不可教而能教人者，无之。"领导干部的家风，不仅关系自己的家庭，而且关系党风政风。各级领导干部特别是高级干部要继承和弘扬中华优秀传统文化，继承和弘扬革命前辈的红色家风，向焦裕禄、谷文昌、杨善洲等同志学习，做家风建设的表率，把修身、齐家落到实处。各级领导干部要保持高尚道德情操和健康生活情趣，严格要求亲属子女，过好亲情关，教育他们树立遵纪守法、艰苦朴素、自食其力的良好观念，明白见利忘义、贪赃枉法都是不道德的事情，要为全社会做表率。

今天受到表彰的家庭，要珍惜荣誉、再接再厉，带动全国千千万万个家庭行动起来，共同为促进家庭和睦、亲人相爱、下一代健康成长、老年人老有所养而努力，共同为提高全社会文明程度而努力。

各级党委和政府要充分认识家庭文明建设的重要性，负起领导责任，切实把家庭文明建设摆上议事日程。工会、共青团、妇联等群众团体要结合自身特点，积极组织开展家庭文明建设活动。各方面要满腔热情关心和帮助生活困难的家庭，帮助他们排忧解难。精神文明建设工作部门要发挥统筹、协调、指导、督促作用，动员社会各界广泛参与，推动形成爱国爱家、相亲相爱、向上向善、共建共享的社会主义家庭文明新风尚。

　　经过这次近距离地接触玉枝，钟玫婷深深地感慨，当年玉枝如果不是嫁给了麦贤得，她一定会是一位成长得很快、很有作为的妇女干部！

　　玉枝把习总书记的讲话珍藏起来，有时间就拿出来看一看，给阿麦念一念。玉枝最受到鼓舞的是总书记关于"家风"的论述，她在这一段话下画了一道线：

　　　　家风是社会风气的重要组成部分。家庭不只是人们身体的住处，更是人们心灵的归宿。家风好，就能家道兴盛、和顺美满；家风差，难免殃及子孙、贻害社会。广大家庭都要弘扬优良家风，以千千万万家庭的好家风支撑起全社会的好风气。

　　曾经，有人为玉枝总结了他们的家风是孝与顺，听完习总书记的报告后，玉枝开始认真思考想自己的家有着什么样的家风，家风的确是实实在在地存在着，孝和顺仿佛不足以表达，是什么呢？玉枝想到了爱！

　　这个家的家风就是爱，爱党，爱国家，爱人民，爱生活，爱彼此，爱自己。

　　几年以后，玉枝在妇联的官方网站上读到了一首诗，她觉得这首诗表达了她关于爱的所有体会。

玉枝学会了用微信

爱是举案齐眉、相濡以沫

爱是孔融让梨、妇姑相唤

爱是孟母三迁迁出的一段佳话

爱是千年文明铸就的大中华

当爱住进我的家

每一分的柴米油盐酱醋茶

所有顺境中的逆境中的日子都开出娇艳的花

当爱住进我的家

每一个四季轮回春秋冬夏

所有温暖的寒冷的时光都如诗如画

山再高

往上攀

总能登顶

路再长

走下去

定能到达

当爱住进我的家

风吹雨打

我们潇潇洒洒

当爱住进我的家

酸甜苦辣

就是最美的芳华

让爱住进我的家
爱是夫妻和睦、男女平等
爱是尊老爱幼、邻里团结、科学教子
爱是千万个携起手来的小家

让爱住进我的家
爱是注重家庭、注重家教、注重家风
爱是言传身教，积善兴邦
爱是我们站起来、富起来、强起来的国家
爱是新时代幸福吉祥满天下

爱是新时代幸福吉祥满天下

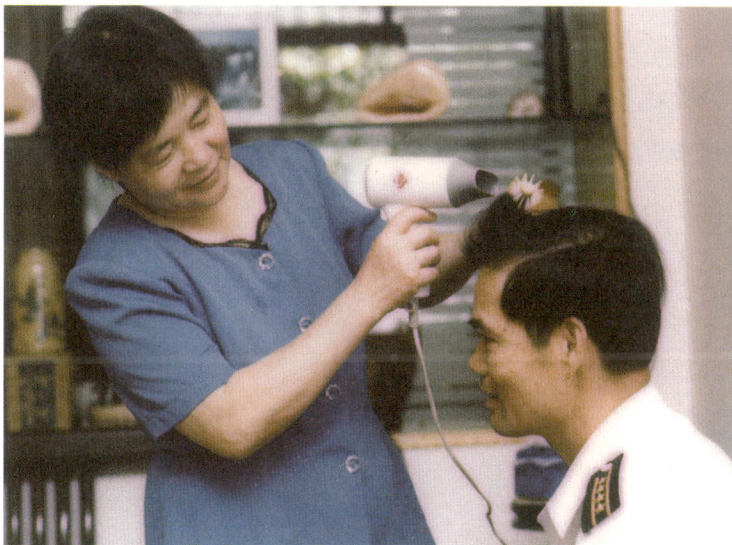

让爱住进我的家

德然收藏

李德然是一位中学历史老师，在汕头开了一家二手书店，不上课的时候，他喜欢守着他的书店喝喝茶，看看街上来来往往的人。大约是15年前，他在来来往往的人群中开始注意到一个老人，他腿脚不是很灵活，每天都会出来散散步，他看路边的花草和行人都有一种特别的专注，通常，总会有一个年轻人跟着他，保持着不远不近的距离，仿佛近了怕老人不自在，远了，又怕老人出危险。直觉告诉李德然，这个老人不是一般人。

有一天，老人少有的一个人散步，天突然下起雨来，李德然老师看到一位老阿姨来给老人送伞，对老人体贴有加，雨下得很大，李德然老师就主动把他们请进书店。

老人进了书店，径直地往里走，仿佛被书店里的什么深深地吸引了，李德然顺着老人的视线看去，那是一尊他最近淘到的毛主席的石膏像。

"阿叔也喜欢收藏？"

"毛主席……战士……"老人表达吃力。

这时，老阿姨上来解释："毛主席当年接见过他，他对毛主席有很深的感情！"

李德然吃惊不小："阿叔是？"

"你听说过麦贤得吗？"

　　李德然太意外了，原来，这位每天在街上的人群中行走的老人，就是赫赫有名的大英雄麦贤得！李德然出生于1968年，是听着麦贤得的故事长大的一代人，自从他喜欢收藏以来，藏品中就有许多麦贤得主题的物件，他随即拿出一本1968年，也就是他出生那年的《解放军画报》，封面就是穿着军装的麦贤得，里面有关于麦贤得的长篇报道，还有麦贤得当年苏醒以后，在护士们的帮助下，用左手写下的几个字："麦贤得是毛主席的战士！"

　　看着画报，玉枝也激动得想掉眼泪，结婚初期他们两地分居，后来她随军之后又搬了几次家，好多珍贵的属于麦贤得的文物都丢了。

　　李德然说："阿姨，我的这些藏品可以交给你，交给你保管最合适！我以后还会接着淘，帮你和麦叔把这些记忆都淘回来！"

　　玉枝感激万分："我交定了你这个有英雄情怀的朋友。"

　　从那以后，麦叔和玉枝就成了李德然书店的常客，麦贤得喜欢和大家坐在一起喝茶，他负责给大家冲功夫茶。通常五六个人，他一轮一轮地给大家斟，五六个人喝完一轮，他就把杯子收到他面前斟下一轮，一样的杯子，来自不同的方位，他斟满后，总能准确地送回到各人的面前，从来不会弄错。

麦贤得对孩子进行爱国主义教育

　　大英雄就在我们身边！李德然兴奋地把这个消息分享给每个来看书的人，渐渐地，会有人专门到书店来等麦贤得，每次麦贤得总是很亲切地和慕名而来的人握手、说话、照相。

　　李德然更加用心地在网上和其他渠道淘麦贤得主题的收藏品，不断地有惊喜发现，他找到了英文、俄文、德文等不同国家语言的关于麦贤得的故事书；他找到了成套的麦贤得战斗故事的幻灯片，他找到了歌颂麦贤得歌曲专辑的黑胶唱片……这些收藏品，能串联起那些全国上下学习英雄麦贤得的轰轰烈烈的日子，那个火红的年代。

　　李德然于是又有了一个新的设想，他打算筹集资金置办一辆卡车，把它改装成一个流动的博物馆，开到市民广场、学校、机关，让更多的人能更方便地重温历史，学习英雄！

八一勋章

2017年的八一建军节很快就要到了，像往年一样，玉枝忙碌起来，因为每年的8月6日，"八·六海战"的战友们就会聚一聚，那是阿麦最开心的时刻，也是玉枝最开心的时刻。

这一天，他们却接到了部队的通知，通知他们进京。玉枝原本以为，2017年是中国人民解放军建军90周年，他们是受邀去参加庆祝活动的，并没有太在意，但是，从联络人紧张和严谨的行程布置上，她又觉得有所不同。退休10年，麦贤得也就10年没有穿军装了，这次，部队专门为他准备了雪白的海军常服，玉枝和麦贤得都不知道，一份巨大的光荣正在等待着他们——八一勋章！

很快，八一勋章的新闻占据了各大媒体的头条。

时代楷模光耀强军征程，至高荣誉彰显卓越功勋。

中央军委颁授八一勋章和授予荣誉称号仪式于7月28日在京隆重举行。中共中央总书记、国家主席、中央军委主席习近平向八一勋章获得者颁授勋章和证书。

八一大楼仪式现场，官兵代表整齐列队，气氛庄重热烈。上午10时，18名礼兵正步入场，持枪伫立两侧，授勋授称仪式开始，全场齐声高唱国歌。中共中央政治局委员、中央军委副主席范长龙宣读了习近平签署的中央军委关于颁授八一勋章和授予荣誉称号的命令，中共中央政治局委员、中央军委副主席许其亮主持仪式。

新设立的八一勋章是由中央军委决定、中央军委主席签发证书并颁授的军队最高荣誉。八一勋章、共和国勋章、七一勋章、友谊勋章都是位于党和国家功勋荣誉表彰制度体系的最高层级。在中国人民解放军建军90周年之际，中央军委首次颁授八一勋章，充分体现了对英模典型的崇高敬意和高度褒奖，必将极大提振军心士气、激发昂扬斗志，激励全军汇聚起为实现中国梦强军梦而奉献的强大正能量。

当玉枝陪着麦贤得到达北京，被告知这一消息的时候，她心里的感受和40多年前崔艇长把麦贤得带进她的世界一样，幸福得几乎要晕过去。

不过，紧接着而来的是一件让玉枝非常伤心的事情，部队告诉她，老麦授勋的时候要坐轮椅。

"为什么？！"

"老麦他行路端正，无须搀扶，不需要坐轮椅的！"

"我这些年吃了这么多苦，就是为了不让他坐轮椅！"

"这是党和人民交给我的任务，我完成了……"

……

玉枝心里委屈得不得了，她像一个小孩子一样哭了，哭得很伤心。

授勋事务的负责同志跟玉枝解释说："麦贤得老英雄的精气神大家都看到了，这就是大姐您的功劳啊！因为整个仪式等待的时间和正式授勋的时间加起来很长，又必须万无一失，所以几位年纪大的首长都安排坐轮椅了。"

玉枝不得不顾全大局，毕竟麦贤得右半身子的偏瘫仍有迹象。接下来她又开始担心另一件事了。

之前一天，李玉枝听说有彩排，特别担心阿麦，这一次她不是担心阿麦的身体，而是担心麦贤得太激动，记不住程序。李玉枝是和全国人民一样通过电视看到那一光荣时刻的，第一次看电视新闻，尽管她知道结果，但还是紧张得心要从嗓子里蹦出来。

事实证明她的阿麦争气极了！麦贤得是十位获得授勋的军人中第一个上前，走到共和国军队最高荣誉面前的，只见我们的英雄麦贤得笔挺地坐在轮椅上，由年轻战士缓缓推到指定位置，习近平主席健步向他走来。

敬礼——握手——摘帽——授勋——再握手。

第二次握手的时候，习近平主席拉着麦贤得的手说了许多话，这显然是流程以外的，习主席说了些什么呢？

后来，身边的工作人员特别兴奋地告诉李玉枝，习主席拉着麦贤得的手说："我1966年第一次到广州，到了广州我就想见你！你是我心中的大英雄！"

你知道我们的麦贤得是如何回答的吗？他说："英雄对于我来说，不要讲，我是一个兵，我是一个兵。"

听着阿麦这么说，玉枝一边笑着，一边两行热泪夺眶而出。

那一夜，夫妻两个人彻夜不眠。

八一勋章在胸前

载誉归来

从北京返回汕头，家里的电话就没有停过，都是亲戚、朋友、战友们打来的，内容都是一样的：表示祝贺、想见见英雄、想看看那枚八一勋章……

玉枝跟阿麦商量：原本每年的8月6日战友们都要团聚的，要不，今年把亲戚朋友们也请来，大家聚聚？

阿麦喜不自禁，声音很响亮：聚！

于是，这一年，麦贤得的生日，"八·六海战"战友们的集体生日规模超出了以往，玉枝把"八·六海战"能够请到的战友们以及自己家族里里外外68人，招呼到一起团聚，共享荣誉。

那一枚闪闪发光的八一勋章在人们热切的目光中传递着，人们传递的是52年前那场海战的历史烟云，人们传递的是麦贤得和李玉枝半个世纪的风雨携手，人们传递的是两个闪光的大字——英雄！

麦贤得说话有点吃力，但思维非常清晰，因他想表达的是感谢党和人民的再生之恩。

"感谢党、感谢祖国和人民，如果没有祖国的抢救，就没有我的今天！"

"我的第二次生命是党和人民给的，我要回报祖国，回报社会，跟党走，为人民服务！"

　　玉枝幸福地陪在阿麦的身边，她动情地对记者还原丈夫授勋的每一个细节，和大家一起看那一个她已经看过无数遍的场面：习总书记与麦贤得紧紧握手、嘘寒问暖的镜头……每看一遍，都感动得热泪滚滚！或许，对于李玉枝来说，几十年多少艰辛如今都化作一抹感动的清泪，但是她没有忘记身边的来自全国各地的阿麦的老战友们：

　　"老麦作为'八·六海战'英雄群体的代表，被国家授予最高荣誉，其实荣誉是大家的！"

　　听着妻子这么说，麦贤得高兴地对妻子竖起了大拇指，意思说：你可说到我心里去了。

　　从北京载誉归来，夫妻两个人随即被各种活动安排得满满的，其中很重要的安排就是回部队。

　　听说麦贤得要回部队，玉枝一个晚上都睡不好，阿麦受伤之后，最重要的一条护理原则就是远离水，她知道这对从小在海边出生、海里生长的阿麦是件很残酷的事情。但是医生说了，哪怕是个小水坑，都要非常小心，如果癫痫发作的时候遇到水，很容易出大问题！玉枝想起十几年前，阿麦吵着要回部队，大家拗不过他，就小心地陪着他上舰，不承想，现在的军舰的停泊方式和当年完全不一样，阿麦用过去的方法上舰的时候，一个不小心掉进了海里。身边的人像下饺子一样跳下去把他救上来，他倒好，落汤鸡似的还跟玉枝开玩笑：

　　"我好久好久没有游泳了。"

　　玉枝急哭了，她吓死了。

　　8月12日上午，东海舰队某导弹快艇大队官兵用如潮掌声和美丽的鲜花，热烈欢迎麦贤得和夫人李玉枝、"八·六海战"一等功臣黄汝省，回到"娘家"一起为"海上英雄艇"庆祝52周岁生日，年轻的海军战士们看到了金光闪闪的奖章——军人至高荣誉——八一勋章！

　　英雄浴火而生，英雄凝聚力量！

　　8月24日，麦贤得夫妇走进东海舰队机关，与机关干部进行了交流，与大家一起忆战史、话传统、扬斗志。

　　年轻的海军战士们第一次与英雄们如此接近，与我军的最高荣誉勋章如此接近，都兴奋无比，有问不完的问题。

　　一位年轻的海军战士问："在生死面前你们是怎么做到那么勇敢无畏的呢？"

　　"这就是责任！这就是我们共同的信念：一定要完成自己的任务，一定要对祖国负责！仗打起来了，我们哪里会考虑到自己的生死，唯一的念头就是要把祖国交给的任务完成了。只有完成了自己的任务，我们才会觉得光荣，觉得骄傲。"老班长说这话时，眼里闪烁着光芒。

　　麦贤得深情地回忆了习主席颁授勋章和证书时的情景，叮嘱大家一定要听党的话、听习主席的话，要牢记为人民服务的宗旨，要建新功。

麦贤得和年轻战士在一起交流

英雄的情怀和嘱托，迅速"点燃"了东海座座营盘，从将军到士兵，官兵无不深受鼓舞、倍感振奋，纷纷表示：要坚定维护核心，坚决听党指挥，牢记东海舰队部队的光荣传统，忠诚履行使命，不负历史担当，在推进强军兴军的伟大事业中收获属于自己的无上荣光；要学习"钢铁战士"麦贤得信念如磐的忠诚品质、能打硬仗的铁血担当、坚毅如钢的过硬作风、始终如一的奉献情怀，把英雄的旗帜高高举起，沿着英雄的脚步奋勇前进。

桂开政委

2018年11月3日，央视中文国际频道播出《国家记忆 时代楷模》第五集，主人公就是麦贤得。电视机前，感触最深的应该是麦贤得的战友们，一次又一次，他们通过电视和新媒体对麦贤得的报道，幸福地重温他们曾经共同拥有的芳华，这其中，麦桂开的幸福有着更深刻的内涵。

还记得五十多年前那个下午吗，几个海军干部出现在玉枝的面前，告诉玉枝我们在给战斗英雄寻找生活伴侣，那几个干部中其中一个就是广东顺德籍的麦桂开。

"八·六海战"过去半年之后，麦桂开调到海军汕头水警区政治部组织科当干事，也就是说，虽然他没有亲身经历过"八·六海战"，却见证了麦贤得治疗、康复、结婚、生子……的过程。

麦桂开9月调到辖下护卫艇第41大队一中队当政委，第二年年底又调回政治部组织科当副科长、科长，直到1983年1月转业，麦桂开都是麦贤得的领导，英雄模范人物的思想和生活，正是他要关注的重要内容之一。

说起麦贤得的婚事，麦桂开历历在目。

当时，一中队驻防汕尾镇，镇委赵书记是南下干部，和中队长崔福俊、政委麦桂开相熟，三个人经常在一起喝茶、聊天，有一天，聊得高兴的时候，不知是谁提出应该给麦贤得张罗一门婚事，战友们虽然都很照顾他，但毕竟部队生活代替不了家庭生活。三个人兴奋起来，决定马上请示上级领导，上级领导第一时间给出了批复，指示他们为麦贤得牵线，当好麦贤得的红娘。

经过一轮搜索，李玉枝进入了大家的讨论范畴，她年轻漂亮，当时是公社妇联干部，是学《毛选》积极分子，曾出席全省学《毛选》代表大会，这在当年就是百里挑一、千里挑一的好。

于是，就有了1969年夏天他们和妇联干部李玉枝的见面。麦桂开多年后回忆说，给麦贤得寻找结婚对象的过程，无论是赵书记、崔艇长还是他本人的心里都是矛盾和纠结的，一方面，战友情深，他们希望能为麦贤得找到最完美的爱人；另一方面，麦贤得的身体情况，他们也深深知道这桩婚姻一旦开始，就是一段艰难的路。因此，在第一次见面的时候，他们就对李玉枝把麦贤得的状况一五一十地作了说明。

李玉枝毫不犹豫地说：麦贤得为国奉献，她愿意一辈子照顾战斗英雄。

李玉枝的深明大义，让三个男人敬佩不已。

接下来，麦贤得、李玉枝的第一次见面；

年轻时的麦桂开

他们的书信往来；

双方家长商议婚事；

1972年，"六一"当天去办结婚证；

婚礼；

……

麦桂开亲力亲为。

麦贤得、李玉枝结婚后，两家人住对门，常来常往，正如他们当初担忧的那样，玉枝受了大委屈，委屈的程度甚至超过了他们的预料和想象。

没有谁比桂开更清楚玉枝经历过的苦和难，也不知道有多少次，麦贤得夜里发病打人，是桂开破门把被打的玉枝救出来的，玉枝很少在别人面前委屈流泪，除了桂开。一来他知道他们成为夫妻的全过程，二来他是部队的领导，他从某种意义上代表组织，玉枝信任他。

桂开也最懂玉枝，知道她有多么地不容易。多少年之后，麦桂开都觉得自己很难面对玉枝和她所经历过的一切，就像看到玉枝挨打、落泪，他只能说："在我们这个时代，能决定自己命运的人总是少数的，有多少身心健全的夫妻，家庭生活也要面对许许多多的不如意，何况是你们。"

仿佛冥冥中的安排，两家都姓麦，两家人就是这样结下了深厚的革命情谊，对于麦贤得一家，麦桂开有着割不断的牵挂。

20世纪80年代初，麦桂开转业回到家乡，一度与麦贤得失去联系。2004年，麦桂开遇到了老战友、桂洲医院院长罗厚洪，两人说起了麦贤得。原来罗厚洪1965年在海军医院当卫生员，曾抢救过"八·六海战"中的伤员。罗厚洪与麦贤得的同班战友彭德才有交往，彭德才则与麦贤得相邻而居，这样，麦桂开又联系上了麦贤得。

麦桂开总觉得这次重逢，是上天赋予了自己某种使命和担当。

广州海军基地集资建房，麦贤得一家平日里几乎所有的钱都用来给阿麦增加营养，调理身体，根本谈不上有什么积蓄。玉枝叫海彬回汕头亲戚家去筹钱，好不容易筹来了5万元，结果在坐长途车回广州的路上丢了！一家人被愁云惨雾笼罩着。

麦桂开无意中知道了这件事，当时已经在顺德工作的他，紧急联络了几个转业的战友，大家一听说麦贤得家需要用钱，都纷纷解囊相助，很快，7万元送到了麦贤得广州的家，玉枝拿着钱，泪流满面。

如今，麦桂开从顺德市委组织部副部长岗位上退休，麦贤得也从海军广州基地副司令员的岗位上退休了。麦贤得每一次回广州，都一定会安排时间带上礼品亲自到顺德去看望老政委麦桂开，麦桂开也总会把附近的战友罗厚洪、霍礼志（罗厚洪当时是海军卫生员，后来在桂洲医院院长任上退休。霍礼志则是通讯修理员）等几个人约到一起，喝茶聊天重温几十年的革命友情，言笑晏晏，情意深深。

当然，老战友们也有神情肃穆的时候，他们常常说起那些在当年"八·六海战"中四名牺牲的战友，常常麦贤得的反应格外灵敏："吴广维是艇长，还有陈映松。"

那一战，两名潮阳人、两名上海人献出了他们年轻的生命，在他们牺牲前，由于611号护卫艇上的人员新组建不到半年，麦贤得其实与这四名战友不怎么熟识。然而每年8月6日，和战友们办完纪念活动后，不管多累，他们都会到汕头烈士陵园祭奠牺牲的战友。

都说革命人永远是年轻，这样的聚会一年一次，老战友们仿佛一年比一年年轻和有活力，一如他们曾经的激情岁月。

每一次，麦桂开还会把身边的年轻人们都叫来，他说这是对和平年代成长起来的年轻人们最好的英雄主义、爱国主义教育。麦桂开说：习近平总书记以普通党员身份参加所在党支部专题组织生活会时指出，同志们现在从事的是一项崇高的事业，在这里工作，升官发财请走别路，贪生怕死莫入此门。榜样是谁呢？张思德、白求恩、焦裕禄、麦贤得，有历史的楷模，也有时代的楷模，这些人都在普通的岗位上，但他们有颗金子般发光的心，同志们的参照系就是这些楷模。

年轻人们没有想到可以和战斗英雄如此接近，他们纷纷赶过来问候、致敬，大家争着和老英雄握手、拍照。

麦贤得也很是开心，话也比平时多了，最多的话语是："听党的话，跟党走！""爱党，爱国，为人民服务！"

麦桂开从来也不会忘记给大家介绍玉枝大姐："李玉枝，是中国当代一位伟大的女性，麦贤得能重新站起来，一部分是医学的功劳，大部分是李玉枝的功劳。"这话，麦桂开说了一年又一年。而每一次玉枝所表达的是她对麦桂开和战友们的感恩之情，同样的话也是说了一年又一年。

2017年7月，海军老战士麦桂开坐在电视机前激动地看着八一勋章的颁授仪式，心里的自豪要比一般人多一分。

终于等到这个时刻，中央军委颁授八一勋章和授予荣誉称号仪式在北京八一大楼隆重举行。中共中央总书记、国家主席、中央军委主席习近平向八一勋章获得者颁授勋章和证书，获得这项至高无上荣誉的共有10位英雄，第一位接受颁奖的就是麦贤得。

麦贤得与老战友麦桂开

等等！怎么麦贤得坐着轮椅参加授勋呢？早些日子相聚不是还腰板直直的，精神爽爽利利的吗？这个时候，他的电话也纷纷响起，战友们都在问，老麦身体怎么了？为什么坐轮椅？麦桂开焦急地给李玉枝打了一个电话。

战友们的关心让李玉枝万分感动，她赶紧解释说，阿麦身体没事，大家放心！

其实坐轮椅这件事情，一开始李玉枝也是很不情愿的，因为她认为，自己的光荣任务就是让老麦站起来，关键时刻怎么能坐轮椅呢？可军委领导考虑准备时间过长，为了老麦的身体考虑，还是决定坐轮椅。

唤醒记忆

麦贤得的八一勋章，是一份至高无上的荣誉，也像是一把神奇的唤醒钥匙，它唤醒了许多尘封的记忆。

"指导员，您好！这些年来，我们一直在找您啊，战友们都十分想念您！"

"我也很想念你们呀！小麦，祝贺你在建军九十周年前夕荣获八一勋章！"

这是2017年9月16日10时30分，在广西平果县城深居简出的指导员周桂全，与远在1400多公里外的麦贤得通过信息时代的沟通方式视频通话见面了。

视频通话的这边是"八·六海战"中的"钢铁战士"、八一勋章获得者、海军广州基地原副司令员麦贤得大校。

视频通话的这边，被称为"指导员"的是广西平果县马头镇退休干部、"八·六海战"亲历者、海军南海舰队汕头水警区611艇原副指导员周桂全。

此时的麦贤得，像是捡到了宝贝一样快乐，玉枝在一边也激动得眼里闪着泪花，这些都是有着过命之交的战友，再见面时，中间隔着半个世纪的风霜雨雪。

周桂全与麦贤得究竟是怎样得到这次重逢的机会的呢？

让八一勋章解开这个谜。

7月28日晚7时，饭后的周桂全与老伴覃美清如往常一样，坐在电视机前观看中央电视台《新闻联播》。电视上，中央军委举行颁授八一勋章和授予荣誉称号仪式，第一位授勋者出场了，他是麦贤得！中共中央总书记、国家主席、中央军委主席习近平向麦贤得颁授八一勋章和证书时周桂全指着电视画面激动地对老伴说："是他，是小麦，是我当年的战友麦贤得！"

于是，通过当地相关部门的对接，才有了后来视频通话这一幕。

"指导员，52年了，我永远记得我们在'八·六海战'中并肩战斗的情景。"听着麦贤得的话语，周桂全的思绪又回到了半个世纪前，自己与麦贤得相识、相知，一起生活、共同战斗的情景……

1964年6月的一天，当时任海军南海舰队汕头水警区527艇副指导员的周桂全，与大队领导到广东虎门沙角海军联合学校接新兵。其中，有个潮汕兵叫麦贤得，只有18岁，虽然还有些孩子气，但长得高大英俊，且爱说爱笑，周桂全与他一见如故。回到部队后，麦贤得被分配到527艇任轮机兵。此后的一年多时间里，周桂全与麦贤得一起工作和生活，两人成了战友。

1965年7月下旬，周桂全与麦贤得等527艇大部分官兵调到新入列的611号护卫艇。8月5日的晚上，麦贤得他们去看电影，而周桂全在艇上值班，他是在岗位上接到的上级命令：发现国民党军两艘军舰进入我领海从事敌对活动，611艇立即出海给予敌人迎头痛击。

一颗耀眼的曳光弹把大海照得如同白昼，隆隆的炮声响彻海天。激烈的战斗进行了30多分钟后，有战友向正在前舱指挥战斗的周桂全报告：敌舰的2发炮弹先后打进611艇前机舱和后机舱。正在后机舱操作的轮机兵麦贤得被一块高温弹片打进右前额，脑浆流了出来，失去知觉。

"什么？麦贤得受伤啦？！"

周桂全立即进入后机舱查看。当时机舱里的灯全部熄了，凭借着窗口上方一个绿色指示灯的微弱光线，周桂全看见轮机兵陈文己紧紧抱住已昏迷的麦贤得。周桂全立即过去抱住麦贤得，让陈文己去拿急救包。不久，急救包拿来了，但外层用塑料包着，里层用布裹着，十分结实，很难撕开。情急之下，周桂全只好用牙齿咬着一端，用双手把急救包撕开，迅速给麦贤得包扎，此时的麦贤得有了一些知觉，副指导员命令他原地休息，他自己迅速返回自己的战斗岗位。

就在周桂全离开10多分钟后，麦贤得以惊人的毅力站了起来。他凭着平时练就的一手硬功夫，听着前机舱的机器声，察觉到机器的某个部位出了故障，他在黑暗中爬到了出故障的地方，检查出一颗拇指般大小、被震松的油阀螺丝。麦贤得用扳手将螺丝拧紧后，用身子顶住移位的波箱，双手狠狠压住杠杆，使损坏了的推进器复原，保证了机器的正常运转，直至战友们全歼来犯的敌舰。

麦贤得清醒后不久，周桂全代表611艇党支部和全体官兵到医院看望他，并告诉他已被大队党委批准入党的消息。麦贤得听罢，眼含泪花，断断续续地说："感谢党的关怀，谢谢同志们了……"

此后不久，周桂全便调到644艇任指导员，再也没有与麦贤得见过面。周桂全本人在从军16年之后的1970年，按当时政策转业回家乡平果县，期间历尽坎坷，这也是为什么多年来战友们相聚缺少他的身影的原因。直至1986年落实政策后，周桂全才恢复干部身份，调到平果县马头镇党委任组织委员，1996年这位参加过"八·六海战"的老兵退休了。

周桂全为人十分低调。在周桂全的大儿子周卫东的记忆里，他们三兄妹从小到大，只知道父亲曾在南海舰队服役，但从未听父亲说起他与麦贤得一起参加过著名的"八·六海战"。父亲对他们说得最多的是，好好学习，认真做事，本分做人。就是与周桂全一起工作多年的同事，也很少有人知道周桂全的这段经历。

"指导员，如今我们的海军强大了，舰艇更先进了。战友们都盼望您回老部队看一看，聚一聚。"视频中的麦贤得声音洪亮。

周桂全含着热泪对麦贤得、李玉枝夫妇说："谢谢你们！明年8月6日我一定去汕头，参加'八·六海战'53周年纪念活动，因为我也很想念老战友们啊！"

在短短的5分钟视频通话中，周桂全与麦贤得这对老战友互诉衷肠，思念之情溢于言表。

悟空造访

    获得八一勋章后，麦贤得再次成为社会关注的热点，夫妻两个人的时间几乎被各种社会活动占满了，走基层、看变化，亲身感受部队建设发展成就；参加《沧海英雄：八·六海战钢铁战士麦贤得人生纪实》修订再版的赠书仪式；观看大型廉政音乐剧《青天之端》……麦贤得身边的工作人员都替他高兴，又担心他不注意休息，玉枝更是一遍一遍地对阿麦说："没想到我们能有这么好的日子，你可要保重身体，把你爱熬夜的毛病改掉吧……"

    麦贤得可是不怎么听话，每天晚上都睡得很晚，早上晚一点起床的话，他一整理外面的花，就整理到下午一点钟，还不吃中午饭，也不吃早饭，一定就要把这个活干到完，他就是这么一股劲，就一定要把事做好。

    2017年11月，家里来了一位不速之客。

    麦贤得获得八一勋章之后，家里来拜访的人可谓络绎不绝，有的时候，客厅里会同时坐着两三波客人，久而久之，老两口有点招架不住了，身边的工作人员也开始帮他们回绝一些记者的采访，不过这天来的这位神秘的客人着实让老两口欢喜了一阵子。

    著名的表演艺术家、电视连续剧《西游记》中孙悟空的扮演者六小龄童结束了他在美国的交流活动之后，专门绕道广州做了短暂的停留，这位1959年出生的艺术家终于实现了这些年来的一个愿望，探访英雄麦贤得。

他和英雄素昧平生，也不是为了炒作蹭热点，就是敬仰。六小龄童是通过当时的广州军区联系上麦贤得的，说是要上家里来。

听到消息之后，玉枝和阿麦又是兴奋又是手足无措，六小龄童是他们夫妻二人特别喜欢的艺术家，平日里每天下午，阿麦喜欢坐在客厅里一边喝着功夫茶，一边吃着小点心，一边看电视，就这么着，一年又一年，《西游记》不知道看了多少遍，突然有一天，说是电视里的孙大圣要到家里来，老两口高兴坏了。

阿麦："给……孙悟空……礼物……"

玉枝当然明白丈夫是想送艺术家一份礼物。

玉枝："要不你送他一幅字？"

阿麦："好！……什么……字？"

玉枝："你中国两个字写得最好！"

阿麦："一般般……我写……厚德载物？"

玉枝："应像大地那样宽广厚实，像大地那样载育万物和生长万物，这是艺术大家的品格，这个好！"

麦贤得与六小龄童

几天之后，一身红衣的六小龄童如约而至，他带来了自己少年时珍藏的麦贤得的连环画请英雄签名，麦贤得则把早已准备好的"厚德载物"四个字送给了六小龄童，两个人像认识多年的老朋友一样聊了很久。

后来，六小龄童在回顾自己2017年的大事件的时候，其中一条就是：2017年11月5日在广州拜访战斗英雄麦贤得。

热心·公益

　　麦贤得，一个意志坚强、不怕牺牲的钢铁战士，一个听党话、做好事、有正气的时代楷模。精忠报国是他的不变情怀，永远跟党走是他的忠诚信仰，感恩人民回报社会是他生了根定了格的人生追求。

　　这是"时代楷模"组委会给予麦贤得的致敬词，感恩人民回报社会是他生了根定了格的人生追求——这一句是如今安享晚年生活的麦贤得、李玉枝的生活写照。

　　半个世纪的人生风雨，麦贤得和玉枝得到了社会太多的关怀，得到了太多好心人的帮助，为此，一家人永远怀有感恩的心。不知道从什么时候开始，热心公益成了麦贤得和玉枝生活的重要内容。

　　麦贤得出身贫苦，他对扶危济困一类公益事业非常积极热心，每次捐款他都要走在前。那年，汕头成立残疾人联合会，准备组织募捐活动。消息见报的当天，他就带上200元钱，一瘸一拐地找到残联工作的郑大妈，嘱咐一定要尽早将心意表达到。部队三次向"希望工程"捐款，他每次都捐100元，他听不得有孩子因为穷上不起学的事情，因为他永远记得自己因为穷，早早就下海抓鱼帮补家用的少年经历。麦贤得平时艰苦朴素，但在扶贫济困上，他却格外大方。部队组织为灾区人民捐款，他每次都要捐上两三百元。1996年，他在电视上看到当地一工厂发生爆炸、多名打工者受伤的新闻，他立即以"一名老兵"的落款匿名捐了500元钱。

有一次，部队为申奥捐款，干事忘了告诉麦贤得。结果麦贤得无意中得知此事，他大为恼火，气鼓鼓地找到部队领导专门补捐了300元。

在麦贤得看来，自己这一辈子都活在社会这个温暖的大家庭里，如果他不懂得感恩，不懂得在需要的时候尽一份力，还配做什么英雄呢？

玉枝也是如此，自己的父母都是孤儿，吃百家饭长大的孩子最懂得穷的滋味，除了原生家庭，玉枝恐怕比别人更加懂得一个社会大家庭的温暖对于那些经受苦难的小家庭有多重要，因此，连续几年被省市评为"军人好妻子"、"现代好军嫂"，每次都有几百元到几千元不等的奖金，玉枝总是把这些钱原封不动地交给阿麦。每次麦贤得都"自己做主"，把钱全部捐献给了"希望工程"或残疾人事业，每一次，他们都会嘱咐受捐赠的单位和个人，低调处理，不要宣传。

带着一颗爱国之心，感恩之心，麦贤得和李玉枝经常走进校园。在汕头桂花小学"老英雄走进校园主题队日"中，麦贤得准备好了送给孩子们的礼物，那是10多本记录着10位八一勋章获得者事迹的《英模风采录》，翻开每本书的扉页，上面都端端正正写上"小朋友：听党的话，好好学习，天天向上，长大更好地建设祖国——麦贤得"。李玉枝说，这是老英雄用了五六个小时不歇气写出来的，他的动作不利索，但坚持自己一笔一画地写，不让别人代劳，也不让别人写好他才来签名。

事实上，获得八一勋章之后，全国各地寄来的明信片，他必须一帧帧认真读、认真回，并工工整整签上"麦贤得"三个字，回寄给人家……

麦贤得夫妻二人这两年经常回麦贤得的家乡，到他们多次捐资助学的洪北小学看一看，这是当年麦贤得读书的小学，正是在这里打下的学习基础，让他加入部队之后，无论在业务上还是政治学习上都进步飞快。

说起学校图书馆的建设，是缘于那一次，麦贤得夫妇回到故乡饶平，到母校洪北小学，却发现学校里没有图书馆，孩子们缺少可以阅读的地方和书籍。麦贤得把这件事记在心里，回来之后，他和玉枝商量：

"孩子……读书……图书馆……"

玉枝当然明白阿麦的心事，她发自内心地赞成，于是他们拿出自己的工资购置书籍，购买书柜和课桌，帮助学校建成了阅览室，让孩子们有了一处安静的阅读场所。阅览室建成之后，他们还经常捐赠书籍，关心学生们的学习生活。

"去年我们组织学校三好学生，大概50人，到汕头参观汕头大学，去海军码头到舰艇上参观，还到石炮台公园进行爱国主义教育。"

"还要继续组织洪北小学三好学生到叶剑英故居进行红色教育。"

说起这些事情的时候，玉枝的脸上总是洋溢着一种幸福的光彩，那是因为奉献和回报社会而得到的幸福，玉枝视如珍宝。

其实，麦贤得有一个朴素而崇高的心愿：革命传统要一代一代传下去，孩子的教育是关键。让孩子们能够接受更好的教育，麦贤得和李玉枝乐此不疲地将心愿化为实际行动。

受到英雄的感染，更多的热心人也行动起来：9月22日，在桂花小学美丽的校园，汕头市桂花小学、金珠小学与饶平县洪北小学三校签订《共建文明校园公约》，共建文明校园，共享教学资源。

洪北小学退休校长麦思齐曾经当过麦贤得的老师。创建于1985年的"英雄展览馆"，倾注了这位89岁老校长一生的心血。当年，麦思齐调任洪北小学担任副校长兼少先队总辅导员时就意识到：自己身边的英雄就是最好的爱国主义教育题材。他走访麦贤得夫妇，从他们送来的最早、最珍贵的56幅照片开始，在校内少先队部开辟了"英雄展览馆"。

一石激起千层浪。这些年来展馆规模不断充实扩大，成为潮州市爱国主义教育基地，先后有21万多人前来参观学习。"这个展览馆不仅是饶平洪北的，更是全国的。作为社会主义核心价值观教育基地，希望青少年前来参观学习，把英雄精神发扬光大！"麦思齐说。

英雄精神不老，战士本色不改。退休以后，麦贤得没有含饴弄孙、安享晚年，大部分时间都在东奔西走给晚辈们上革命传统课，用革命文化传播和滋养社会主义核心价值观。

汕头金珠小学吴铄祺小朋友写给"钢铁战士"麦贤得爷爷的一封信，记录了新时代的少年和50多年前的英雄的感人交流。

敬爱的麦贤得爷爷：

您好！您知道吗，在9月19日的晚上，我做了一个非常美妙的梦：梦里有一位和蔼可亲的老人向我的学校走来，他个子高高的，一头银发梳得整整齐齐，浓密的眉毛下有一双炯炯有神的眼睛，散发着睿智的亮光，他给我们讲了他战斗的传奇经历——在1965年8月6日凌晨的一场海战中，为了尽快启动意外停车的611艇后主机，在头部重伤、脑液外流的情况下，不顾那难以言喻的伤痛，坚守战位3小时，凭着一手"夜老虎"硬功夫，在几台机器、几十条管道里，检查出一颗只有手指头大的被震松了的螺丝，并顽强地用扳手把螺丝拧紧，保证了机器的正常运转，直到重新焕发活力的军舰击沉敌舰才陷入昏迷，他就是您——我们敬爱的"钢铁战士"麦贤得爷爷。没想到，有一天您真的来到了我们的身边，而且我不单见到您，还见到您两次！

第一次见到您，是在您的母校洪北小学。那一天因为堵车，我们到达的时候已经很晚了，可是我们刚一下车，就看到您已经一早站在门口等我们。看到您，我们特别激动，当我把鲜花送到您的手上时，您立马弯下腰握住我的手，带着慈祥的笑容连声说："谢谢你们。"

第一次见到英雄，我有些害羞，可您完全不介意，一直耐心地牵着我们的手，告诉我们听党的话，要好好学习，将来为祖国作出贡献。

座谈会的时候，我不小心把水弄洒了，您马上帮我把杯子挪开，帮我擦桌子，并提醒老师再给我准备一杯茶，让我感到非常的温暖和感动。

校长告诉我们，您虽然已经70多岁了，但仍然关心着我们这一代的成长，您给母校创建了图书馆，帮助同学们形成阅读的良好习惯。

这一天，您给我的感觉就像温暖的太阳，照耀我成长。

再一次见到您，是在桂花小学的英雄事迹报告会上，我作为金珠小学的随行小记者来到现场。拿着手中的相机，我非常激动，想为您拍张最好的照片，可我拍了一张又一张，就是拍不到让我最满意的一张，我感到好伤心。

我偷偷地跟妈妈说，我好希望麦爷爷来到我们的学校，没想到我的愿望再一次实现了，在报告会之后，您和李玉枝奶奶、黄汝省爷爷以及麦思齐爷爷来到了我们金珠小学参观，给我们讲述了您受伤以及康复的经历，告诉我们"一不怕苦，二不怕死"。

那个时候，我特别地兴奋又特别地紧张，因为在我的书包里，藏着我偷偷准备的一份亲手做的卡片。在见面会即将结束的时候，我终于鼓起勇气把卡片拿到您的面前，并告诉您卡片里的内容。

看到您惊喜的样子，我也感到特别的开心，在卡片里我还藏着一份小小的秘密，那就是您在洪北小学的照片，我希望借着照片，能让您时时看到您的母校——洪北小学。

麦贤得李玉枝参加公益活动的照片

　　这两次见面让我感到非常的开心快乐，这会是我最难忘的回忆，我永远不会忘记您的战斗精神，会记得您的鼓励：听党的话，好好学习，天天向上，长大更好地建设祖国。

　　此致

敬礼！

金珠小学少先队员

吴铄祺

2017年9月23日

麦贤得、李玉枝和老班长黄汝省参加爱国主义教育活动

一号英雄

如今，麦贤得和李玉枝是汕头、广州两边住着，广州有儿子儿媳、女儿女婿、孙子孙女，儿女孝顺、膝下承欢，去总医院检查身体和看病都方便，汕头毕竟是家乡，乡音、乡情总能给两位老人舒服和自在的感受。

2017年秋天，麦贤得和李玉枝回广州了，简瑞燕在各种繁忙的工作中一直惦记着两位老人，准确地说如今已经是她的亲人了。天气有些微凉，简瑞燕想，该给麦叔和大姐添置两件新的秋装，还有，应该安排他们去喝个早茶，去哪里比较好呢，简瑞燕想到了珠江新城的"空中一号"。

这是广州喝早茶最高的、最特别的地方。

广州的珠江新城是新中国蓬勃发展、改革开放40年巨变的缩影，它是国务院批准的三大国家级中央商务区之一——广州天河CBD的主要组成部分（另外两个一个是北京CBD，一个是上海陆家嘴CBD）。珠江新城不仅是华南地区总部经济和金融、科技、商务等高端产业高度集聚区，这里也是中国300米以上摩天建筑最密集的地方。

"空中一号"就在林立的摩天建筑当中，进了专用的全玻璃观光电梯柱，一种离开地球的感觉油然而生，电梯故意设计得运行很慢，足足有2分钟，为的是让茶客们有足够的时间透过玻璃欣赏地面。歌剧院、省博物馆、西塔、琶洲、珠江和二沙岛都在脚下缓缓远离，视觉加上想象，这可能是全

广州最拉风的电梯，也可能是看广州最有趣的视角。

应该让麦叔和大姐见识一下，感受改革开放40年广州的变化，中国的变化，这也是向英雄致敬的最好方式。

简瑞燕选择"空中一号"，还有一层更深的意义，那就是一号。

2015年，玉枝大姐获得全国道德模范荣誉称号，是简瑞燕陪同着大姐到北京领奖的。

在第五届全国道德模范的荣誉榜上，"八·六海战"战斗英雄麦贤得的妻子李玉枝排在了孝老爱亲类别的第一位，当她接过奖章的时候，心里洋溢着难以用语言表达的幸福，在台下的简瑞燕幸福着大姐的幸福。

从领奖台上一下来，李玉枝就迫不及待地把奖章拿给简瑞燕分享，她们激动地仔细端详金光闪闪的奖章，看看正面，再看看反面，简瑞燕惊喜地发现："大姐，你是001号！"

是的，奖章的背面郑重地刻着"001"三个阿拉伯数字。

玉枝更加把奖章宝贝得什么似的。

颁奖结束之后，简瑞燕陪着李玉枝大姐参加了中央电视台的颁奖晚会录制。由中央文明办、全国总工会、共青团中央、全国妇联共同主办的全国道德模范颁奖晚会——"圆梦中国 德耀中华"在中央电视台举行，分为"助人为乐"、"见义勇为"、"诚实守信"、"敬业奉献"、"孝老爱亲"5个章节。每个章节通过播放电视短片、现场访谈、歌曲舞蹈、朗诵、颁奖礼、致敬词等多种形式交错进行，充分展现全国道德模范的感人事迹和崇高品德。

在电视录制的过程中，按照晚会的流程，每位道德模范都暂时先把已经得到的奖章交回给导演组，然后严格按照流程彩排、录制，晚会结束后模范们就把奖章带回家。

简瑞燕全程陪同玉枝大姐录制，帮她准备发言、准备服装，热水和药也精心备着，因为有小燕子在身边，玉枝心里也格外踏实，别的道德模范都误以为小燕子是她的女儿呢，玉枝也乐呵呵地说：

"跟女儿一样亲。"

顺利完成录制回到驻地宾馆的时候，已经是深夜了，瑞燕到大姐的房间帮她收拾行李。

"大姐，奖章可要收好，回去第一时间给麦叔看！"

"你看，这不是收拾好了吗？"

简瑞燕不经意地把奖章反过来，当她仔细地看奖章背面的时候，她吃惊地小声叫了一声："哎呀……"

她发现手里的奖章不是001号，而是005号！

大姐也有点糊涂了，想来一定是晚会的工作人员将奖牌的顺序弄混了，或者他们根本没有留意到奖章是有顺序的，因为正面都是一样的，大家也就都没有在意。

玉枝说："算了，一样的。"

虽然大姐这么说，简瑞燕还是感觉到了老人心里的失望，而这个时候已经是凌晨1点了，而且001号奖章在谁的手里谁也不知道，包括拿了的人也不一定知道。

简瑞燕决定不让大姐心里有遗憾！趁着模范们都在收拾行李明天一早离开，她要去吧001号奖章捞回来！

于是，她先联系了中央文明办的会务组工作人员拿到每位获奖者的房间号，然后一个房间一个房间地敲门，说明来意，赔不是。

最后，她在敲开第9个房间门的时候，找到了001号奖章，这个时候已经是凌晨2点了。

001号失而复得，李玉枝特别高兴："燕子，真是多亏了你！"

一晃两年过去了，中国人民解放军建军90周年之际，麦贤得成为八一勋章的获得者，新设立的八一勋章是由中央军委决定、中央军委主席习近平签发证书并颁授的军队最高荣誉。

八一勋章采用了八一军徽、五角星、利剑、旗帜、光芒和长城、橄榄枝等设计元素。五角星衬托八一军徽，表明中国人民解放军从红军走来，并象征军队至高荣誉；五个利剑组合与五角星相呼应，象征我军是听党指挥、能打胜仗、作风优良的人民军队，具有坚不可摧的向心力凝聚力战斗力；旗帜、光芒，象征受勋者在党的旗帜引领下取得辉煌成绩，其事迹和精神也具有旗帜般导向作用，是全军官兵学习的榜样；长城，象征人民军队忠实履行党和人民赋予的神圣使命，坚决捍卫国家主权、安全、发展利益；橄榄枝，象征中国坚定不移走和平发展道路，以及人民军队为捍卫世界和平作出的突出贡献。

从北京领奖回来，玉枝第一时间联系了简瑞燕："小燕子，我要见你！我有个惊喜告诉你！"

从来都是大姐给她打电话说："燕子，我和你麦叔挺好的，你忙工作，不用专门浪费时间来看我。"为什么这次大姐这么急着见我呢？

简瑞燕一路狐疑着来到了麦叔和大姐的家，一进门她就找到了答案。

玉枝大姐把金光闪闪的八一勋章交到简瑞燕的手里："你仔细看看！"

简瑞燕仿佛领悟到什么，她急忙翻看八一勋章的背面，上面赫然刻着"001"的字样！

那一刻，简瑞燕再一次幸福着大姐的幸福，她好庆幸北京那个深夜自己的执着，她开心地对大姐说："你和麦叔就是天造地设的一双！"

这就是简瑞燕执意要在"空中一号"请英雄夫妻喝早茶的理由，她认为英雄夫妻喝早茶需要仪式感。

"得闲饮茶。"这是粤语里"有空喝茶"的意思，是广东人最常见的口头禅，也是"老广"生活的一个地道的标识。老广东喜欢早起去酒楼。一盅两件，虾饺凤爪，叉烧包萝卜糕，菜干猪骨粥和柴鱼花生粥，热腾腾的茶水下肚，说说王家长李家短，生活别提多有味道了。一般喝茶的都是老头老太太，起个大早，爬山晨练，和上班族挤公交到某某茶楼，点两笼包子，一份报纸，一坐可以坐一上午；也有约了客户谈生意的年轻人，西装笔挺，神色匆匆，提前到预约的包厢，跟服务生打点好一切。酒楼就是一个小小的社会，只要静静地坐上一个上午，你可以看到各色人物。

这天的"空中一号"，一派如常的广府味道、欢乐祥和，英雄来到这里，没有市民认出他来，简瑞燕陪着麦叔和玉枝大姐穿过大桌小桌，穿过喧闹，她好想告诉那些悠然自得的街坊们：这是麦贤得，战斗英雄麦贤得，八一勋章获得者麦贤得，这是李玉枝，英雄的妻子，全国道德模范李玉枝！他们都是响当当的一号！No.1！

李玉枝获得的全国道德模范奖章

麦贤得获得的八一勋章和证书

195

幸福满满

　　如今，在麦贤得、李玉枝汕头的家里，一切收拾得干干净净，井井有条。家里的大电视、空调机，都是孩子拿奖金买的。

　　在二楼的一个角落，有两枚奖章并排放在一起，一枚是麦贤得2017年获得的八一勋章，这是中国军人的最高荣誉；一枚是李玉枝2015年获得的全国道德模范奖章，这两枚奖章有一个共同点，它们都是001号。

麦贤得70岁时的全家福

当一波又一波的记者、慕名而来的人离开之后，日子重新归于平常，这些日子，曾经绚烂，绚烂得仿佛缺少一些真实；曾经灰暗，灰暗得看不到希望，如今，苦尽甘来，天高云淡。

麦贤得每天的生活充实而快乐。

花，自己种，自己浇水；

茶杯，自己洗，自己摆放；

墨，自己倒，自己研磨。画案上笔墨纸砚都是自己收拾，干干净净，一尘不染……

一日三餐，麦贤得吃得清淡，但是他酷爱主食，玉枝就给他都准备着，有时一顿饭主食会有七八样之多，米饭、粥、馒头、包子、饺子、饼、粗粮、面条……

麦贤得刚吃完饭，李玉枝拿出药篮子，把7粒药丸放到丈夫手里，温柔地命令说：

"阿麦，吃药！"

麦贤得、李玉枝每日坚持读报

197

麦贤得很会意地回答："是，吃药！"

等麦贤得把药含进嘴里，李玉枝递上准备好的温开水，待他吞下药后，转身为他按摩。她的手法轻柔、娴熟，麦贤得面带微笑，闭目养神。

玉枝一边按摩一边说："刚才你不在，儿子来过电话了。"儿子麦海彬在质监稽查一线工作，常常要在全省各地跑，工作再忙，每周他都要给父母打一通电话，聊聊家常。

"昨天海珊……来电话，我……接到，你……没有！"

玉枝笑了："海珊有没有批评你睡得太晚啊？"

麦贤得像个孩子，不说话了。

等这一系列的常规动作做完之后，麦贤得坐在客厅，专心地摆弄着他的功夫茶，尝两口他爱吃的小甜点，偶尔抬头看看放在转角茶几上的电子照片册，那里面滚动呈现的几乎是他生命的全部：有重伤之后被抢救的照片，和毛泽东、周恩来、朱德、董必武、叶剑英、贺龙、徐向前、江泽民、胡锦涛等国家和军队领导人的合影，有他的家、儿子、儿媳、女儿、女婿、孙子、外孙女，有他的战友、朋友和粉丝，有习近平主席授予他八一勋章的珍贵时刻……最最重要的是有她，老天赐给他的玉枝。此时，李玉枝又拿出了那张宝贝的黑胶唱片轻轻地让它转动起来：

葵花向太阳

战士心向党

麦贤得光荣入伍保卫海防

活学活用毛主席著作

树雄心立壮志乘风破浪

甘当共产主义义务兵

沿着革命路永远向前方

高举革命旗

紧握手中枪

无产阶级硬骨头

意志坚如钢

葵花向太阳嘿！战士心向党

麦贤得为我们树立了榜样

活学活用毛主席著作

为祖国为人民永远跟着党

甘当共产主义义务兵

站得高看得远

胸怀宽广

高举革命旗

紧握手中枪

无产阶级硬骨头

意志坚如钢

幸福满满

听着听着，麦贤得也哼唱起来，双手有力地打着拍子，这歌声对于麦贤得来说，是过去，是"八·六海战"那三个小时昏天黑地的战斗；这歌声对于李玉枝来说，是她半个世纪的芳华沉淀；这歌声也是这一对英雄伉俪的现在和将来的写照，欣慰的笑容绽放在他们古稀之年的脸上。

玉枝说："满满的幸福。"

是的，时光很慢，幸福满满。

责任编辑：邵永忠

封面设计：胡欣欣

责任校对：吕　飞

图书在版编目（CIP）数据

人民英雄麦贤得妻子李玉枝的世纪守护／陈晓琳 著．——

北京：人民出版社，2019.10

ISBN 978－7－01－021117－6

Ⅰ．①人… Ⅱ．①陈… Ⅲ．①报告文学—中国—当代 Ⅳ．①I25

中国版本图书馆 CIP 数据核字（2019）第 160873 号

人民英雄麦贤得妻子李玉枝的世纪守护

RENMIN YINGXIONG MAIXIANDE QIZI LIYUZHI DE SHIJI SHOUHU

陈晓琳　著

人 民 出 版 社 出版发行

（100706　北京市东城区隆福寺街 99 号）

北京久佳印刷有限公司印刷　新华书店经销

2019 年 10 月第 1 版　2019 年 10 月北京第 1 次印刷

开本：710 毫米×1000 毫米 1/16　印张：13

字数：200 千字　印数：0,001—7,000 册

ISBN 978－7－01－021117－6　定价：40.00 元

邮购地址　100706　北京市东城区隆福寺街 99 号

人民东方图书销售中心　电话（010）65250042　65289539